新しい
須賀敦子

湯川 豊 篇

江國香織
松家仁之
湯川 豊

集英社

はじめに

この本の成り立ちについて、はじめに説明いたします。

二〇一四年十月四日から十一月二十四日まで、神奈川近代文学館で「須賀敦子の世界展」が開催されました。そしてこの文学展に付随するようなかたちで、対談や講演が同文学館のホールで行なわれました。江國香織・湯川豊対談「須賀敦子の魅力」、湯川豊講演「須賀敦子を読む」（本書収録にあたって「須賀敦子を読み直す」と改題）、松家仁之講演「須賀敦子の手紙」がそれであります。

「須賀敦子の世界展」は非常に多くの観覧者をもつことができ、きわめて意義深いものになったと思います。同展を長く記憶しておくためにも、このとき行なわれた対談と講演を軸にして一冊の本にしたい、と考えました。そこで新たに松家・湯川の対談「須賀敦子が見ていたもの」（「すばる」二〇一五年九月号掲載）を行ない、さらに湯川の新稿「『新しい須賀敦子』五つの素描」を加えて、ここに提供するようなかたちになりました。


（編者記）

新しい須賀敦子　目次

『ヴェネツィアの宿』連載のころ　1992年10月　写真提供・中央公論新社

新しい須賀敦子

須賀敦子の魅力

江國香織＋湯川　豊

湯川　今日の対談にご来場いただきまして、ありがとうございました。最初におことわりしておきますが、僕は十一月にもう一度、同じこのホールで講演をやることになっています。それで今日は作家の江國香織さんのお話をもっぱらお聞きするというかたちで進めさせていただきたいと思っております。

江國さんには、須賀さんについてお書きになっている短い文章（『霧のむこうに住みたい』解説）がありまして、それは、そんなに長くはないけれども、非常に心を打たれるものでした。赤線を引っ張ったら全部赤くなっていきそうなので、途中で引っ張るのをやめましたけれども（笑）。

中でもいちばん驚いたのは、須賀さんが翻訳されたナタリア・ギンズブルグという現代のイタリアの女性作家がいますけれども、この人の『ある家族の会話』という作品が須賀さんの翻訳で一九八五年に日本語で刊行されているんです。それを、そのときに同時代で、江國さんがお読みになって、非常に心を動かされて、以来、ギンズブルグ・ファンであると同時に、その翻訳者である須賀さんの存在というのを頭に刻んだということをおっしゃっています。

このギンズブルグの『ある家族の会話』については、後でゆっくりおうかがいすることにして、最初に、これはもう誰もが聞くことなんですけれども、須賀敦子という人のどこに、その作品のどこに心惹かれたのか、どういう魅力をお感じになったのか、それをまずお聞きしたい。そこから始めたいと思います。

江國　はい。今、湯川さんがおっしゃってくださったみたいに、私は、最初は翻訳から入ったんです。でも、『ある家族の会話』から大分時間がたって、『ミラノ 霧の風景』が須賀さんの最初のご本ですが、それが本屋さんに出たときに、もうやっぱりすぐに買って読んで、それ以来、彼女のエッセイのファンでもあるんですが、須賀さんの文章には、何か懐かしさがあるんです。

多分、皆さん、ご存じだと思いますけれども、懐かしさと手ざわりがあって、それは、具体的な、たとえばイタリアを知っているとか、あの場所だとか、あの人だとか、あの本だとかいう懐かしさではなくて、現実と物語の間のような、つながった場所、日本とイタリア、たとえばイタリアが別のヨーロッパでもいいんですけれど、つながった場所に連れていってくれるご本のような気がして、それが読んでいて心地がよく、あの懐かしさが私にとっては魅力の一番目です。

湯川　そうですね、懐かしいという言葉を、たしか文章でも江國さんはお使いになっていて、ああ、そうなのかと感じるものがありましたけれど、懐かしいというのは、その人を知っていて、思い出の中で何かを懐かしむという、そういう懐かしさとはちょっと違っていて、要するに、未知ではあるけれども懐かしく感ずるというふうに、たしかお書きになっていました。

今おっしゃっていた、つながる場所といいますか、地続きである場所ということについて、もうちょっと具体的に説明していただけますか。

江國　私は須賀さんにお会いしたことはないので、まったく読者として勝手に思っているんですけれど、それは、本の中と外がつながる、私にとっては出会う場所という気がしています。

そして、その本は、たとえば現実に私が読んでいる須賀さんのそのご本のことだけではなくて、ありとあらゆる本の中の世界と外の世界を須賀さんがつなげてくださっているような気がして、現実より現実であるような気がする、手ざわりのある世界です。

　そして、まずそれは、文章の力だと思います。須賀さんの一番は文章だけれども、二番目は、性質だと思います。たとえば同じように外国に住んでも、十年住んだら十年分しか感じられない人と、十年住んだときに千年前の空気まで感じてしまう人がいると思います。須賀さんは断然後者で、もちろんそこにはたくさん勉強されたということ、努力も当然あると思うんですけれど、努力以上に性質の問題が大きいのではないかと思います。

　そして、知識という意味では、もちろん及ぶべくもないんですが、私は自分でも同化しやすい性質だと思っていて、その辺に勝手に親近感を持っています。

湯川　さっきちょっと対談に入る前に事前にお話していたら、物語というものを常に感じさせる、あらゆる書かれたものから物語的なものというものを感じ取る、そういう性質に共通点みたいなのがあって、だから懐かしさも感じられるんだというふうなお話をちらっとなさっていますけれども、この物語的体質というか、そういうものは作家である江國さんご自身の中にも非常に濃厚にあるというものでしょうか。

江國　そうですね。ただそれは、小説家だからではなく、もともと性質というか体質なんだと思います。私は、小説を書いていなくても、物語しか信じられないところがあって、書いたり読んだりしていないときでも、現実を物語のように感じてしまうんです。須賀さんにもそのような匂いを感じます。

湯川　須賀敦子の作品というのは、ジャンルで呼べばですけれども、一応、回想的エッセイという大きな枠組みの中にあって、それは普通の意味で小説とは呼べません。

ただ、あの回想的エッセイの中でいちばん核心をなしているのは、今おっしゃった物語性というふうにも受け取れると思うんです。何を書いても、人が書いた本の説明になっても、たとえばマンゾーニの本の説明になっても、やっぱり物語になっちゃうみたいなところがあるわけですね。だから、物語で江國さんの性質、あるいは体質というものと結ばれているというふうに考えられるんでしょう。

江國　まったく一方的に私はそういうふうに感じます。ちょっと抽象的なんですけど、概念的に、物語の生息する場所というのがあると思うんですね。それは、ありとあらゆる物語がそこにある、そこに行かれるか行かれないかのことだと思うんです。

逆に言うと、でも、そこから逃れられないというのもあって、須賀さんは回想的なものを多く書かれて、実在の人の名前や土地や、ノンフィクション的な要素のあるものを書かれていますけれど、いくら事実に即して書こうとしても物語になってしまうという言い方もきっとできて、物語を書くまいと、もし思われても、物語になってしまう。それは魅力であると同時に、ある種の枷《かせ》でもあるのではないか。

きっと、書かれるだけじゃなくて、そのことはよく自分でも考えるんですけれど、普通に会話をしていても、言葉にした途端に、きのう何を食べたとか、お元気ですかとか、お久しぶりですという言葉すらも、言葉にしてしまった途端に物語性を帯びる、そういう人であったような気がします。

湯川　おっしゃっていることを全部正当に受けとめているかどうかはわからないんですけれども、ただ、須賀敦子の作品を繰り返し読んでいますと、結局、いちばん核心には、その物語性というものがあって、たとえば、皆さん、どういうふうにお感じになっているか、もちろん僕は知るすべがないんですけれども、須賀さんのエッセイの中に、人生論とかは実はないんです。いかに生くべきかとか、そういうことを全然お書きになっていなくて、自分が出会った人、たとえばコルシア書店の仲間、あるいは、今さっき話題になったギンズブルグと会ったときの話、そういうものを実に生き生きと書いている。

生き生きと、というのは、その人間の時間というものを物語的にふわっとつかまえて書いている。そうすると、我々が須賀さんの文章を読んで感動するという核心は、須賀さんの表立った思想とか信仰とか人生論ではないんじゃないか。そういうものをお書きになっていないわけですから。

たとえば、若いころ、信仰のことをお書きになっている文章はありますけれども、それは最初からその目的があってのことでした。そして『ミラノ 霧の風景』以後の作品にそういうものはほとんどない。そうすると、やっぱり僕らが動かされているのは物語であって、江國さんがいわれたように、物語と、読み手である僕が結ばれているのかなという感じがすごくするんですよね。

江國　たとえばですが、須賀さんの『塩一トンの読書』という本があり、それは、いろんな本について須賀さんがお書きになったエッセイをまとめたものですけど、その中にジャン・グルニエという作家の『エジプトだより』という本の書評があります。そこで、須賀さんはその本の中で紹介されているアラブの詩人の言葉を引用されています。

「君より前に生きた人びとの骨からなるこの大地の上をそっと通り過ぎよ。君は不用意にも何の上を歩いているのか知っているのか」

こういう文章を須賀さんが引用していらして、確かに、そこがイタリアであれ、日本であれ、エジプトであれ、君なり私なりが歩く場所は、それ以前のものすごい数の人の骨の上だし、歴史の上だし、それ以前のすべての後ろにある。その認識が須賀さんにはとても強く、しかも自然にあったような気がするんです。

そして、とても勉強熱心な方だったので、その認識の上に、さらに、過去のことを勉強もされている。たとえば、ノートルダム寺院は、フランスに彼女が留学して最初に見にいったというふうにエッセイに出てきますし、その後、イタリア留学から帰られるときも、もう一回、フランスに行ってノートルダム寺院を見たというエッセイがあるんです。

今、私が同じようにノートルダム寺院に行ったとして、そのときに目に映っているノートルダム寺院は、二〇一四年のノートルダム寺院にすぎないと思う。でも、須賀さんがごらんになっているのは、もっと過去の、百年も千年も経たノートルダム寺院なんですね。そして、それを前提として書かれている。

決して、そんな事細かに、偉そうに知識をたくさん盛り込んだ書き方はされていないけれども、明らかに知った上で書いていらっしゃる。読者としては、過去にすら連れていってもらっているような深みのある読書の時間を過ごせるというのも、須賀さんの筆のすごさだなと思います。

湯川　僕もあのノートルダムの話は強く心に残っています。須賀さんは一九七一年の八月にミラノを引き上げて日本へ帰ってこられるんですけれども、帰ってくる前に、一人でミラノから車を運転してフランスに行くんですよ。要するに、何かの用でフランスに行くのじゃなくて、ヨーロッパへの別れみたいな感じで、パリに行く。

宿を決めずに、左岸側に行って、ぶっつけ本番でホテルに入る。窓をあけると、夕暮れのノートルダムが見えるという文章があって、これは、僕もちょっとフランスについて若いときから興味があるものですから、いろんなそういうものを読んでいるんですけれど、日本人が書いたノートルダム風景の中でいちばん心に残るものだということを自分の本でも書いた覚えがあるんです。

今のお話をおうかがいしていると、ああ、なるほど、ノートルダムの歴史みたいなものが、あの風景描写の中に、何も説明してはいないけれど、非常に複雑な歴史があるわけですね、確かに。何であれが建てられたかとか、どれぐらいの時間がかかったか、いろいろ複雑なものがあるんですが、須賀さんが見ている風景としてのノートルダムの中に、それが全部まじって、こちらに伝わってくる。そういうことなのかなと……。

江國　どうしてそんなことができるんでしょうね。でも、ありとあらゆるものに——ノートルダムは大きいですけど、もっと小さいものの中にもそれを感じていらっしゃる書き手である須賀さん、それが、何か文章の手ざわりにあるんですよね。すばらしいと思います。

湯川　風景の中に歴史が含まれていて、あるいは、千年前のパリと現在のパリというものを、いつも二重に何かがあるというか、須賀さんの描写のすごみというのは、案外、そういう二重性みたいなものにあるのではないか。僕が多分、ノートルダムに感じたのは、そういうことなのかなと思いました。それは、江國さんのこの短い文章を読んで、思ったことでもあります。江國さんはここで、「本質的には物語とはすべからく長く重く暗いものだということを、須賀さんのエッセイは思いださせてくれる」と書いていらっしゃるんですね。

江國　はい。

湯川　須賀さんのエッセイは、長く暗く重くないと思うんです。だけども、この一行は説得力があって、長く暗く重いものが書かれていなくても、物語というのは本質的に長く暗く重いものであるかもしれないというふうに、須賀さんの物語性に富んだエッセイを読むと思い当たるという、妙な事情があるような気がするということがあります。

江國　そうですね。それはやっぱり、歴史が長く暗く重いからなんだと思うんですね。それは、国にも街にも寺院にも歴史はありますが、人にもあるわけで、どんな人にも、たどっていけば祖先にまでつづく長く暗く重い歴史がある。それらの果ての現在であり、だからこそ一瞬の、たとえば日差しが、広場が、鳩が美しいわけで、その美しい部分をエッセイの中に描写される。それは長く暗く重い歴史の中の、あるいは果ての今であって、しかも、それすらも、とどめてはおけない、変わっていく、失われていく。そういうことが、決して説教っぽくではなく、わからざるを得ないように須賀さんは書かれますね。わからざるを得ない。どうしたってわかってしまう。

だからこそ、小さいことが、仲間がいるということとか、たとえば仲間とめぐり合えた、夫とでもいいんですけど、親友とでも、人と人が出会うということ、そして、ある街を歩くということ、その一瞬が永続はしないからすばらしいわけで、そういう永続しないものたち、既に書かれた時点でもういなくなってしまった人や変わってしまった街、今現在のものだとしても、明日には変わってしまうかもしれない、十年後には、まず間違いなく変わってしまっているであろうものたちへのまなざしというのが、ご本の中では、すごく徹底して、その側に立たれた方であるような気がします。

湯川　非常に思い当たります。『トリエステの坂道』というエッセイ集は、最初の三篇を除いて四篇目からかな、夫ペッピーノ、ジュゼッペ・リッカですけれども、ペッピーノとその家族のことを書き始めるわけですね。

最初に「雨の中を走る男たち」というエッセイで、ペッピーノのことを詳しく書いて、そこから解き放たれたように、この家族のことを順々に書いていく。ペッピーノの家族というのは、それなりに非常に曲折のある歴史を持っているわけで、それからやっぱりプロレタリアートで、国鉄につとめる労働者です。イタリアのプロレタリアートで、たとえば、昔で言えばデ・シーカが映画化したような、そういう貧しい人たちの出身で、家族の歴史というのは、非常に長くつながっているものがあって、でも、それはほんとうにちょっとずつしか書いていない。書かれているのは現在であるけれども、ああ、この家族の持っていた人生というのは重く暗く長いんだなという感じがあって、しかも、それとはまた別に姑《しゅうとめ》さんなら姑さんの確固とした人生がある。

江國　そうですね。代表はさせないですね。代表させたりはしないし、因果関係を長く暗く重いからこうなったと、そういうわかりやすい加工はされないですね。

湯川　江國さんは二十一歳のときに『ある家族の会話』をお読みになって、非常におもしろく、心惹かれたという文章がここにあるんですが、『ある家族の会話』をどういうふうにお読みになったかというのをちょっと思い出してください。

江國　『ある家族の会話』という本がほんとうに私は大好きで、今も大好きで、それについてはいっぱい言いたいことがあるんです。

はっきり憶えていますが、千歳烏山《ちとせからすやま》の京王書房という本屋さんで見つけたんです。棚差しで一冊だけ入っていて、白い背表紙で。ちょっと自慢なんですけど、私は本の衝動買いにはとても自信があって、ナタリア・ギンズブルグという作家の名前も知らず、須賀敦子という訳者の名前も知らなかったし、特にイタリア文学に興味があるわけでもなかったのに、これは絶対におもしろそうだ、もう絶対に自分が好きに違いないと思って買って、そのとおりだったんです。

そして、これはCDでやると外すんですけどね。CDで、ああ、これ、きっと私が好きそうだと思って、ジャケットで選ぶとだめですが、本は大丈夫です。でも、最近は本がネットで買える。多くの人がネットで買いますよね。それだとおもしろい本と出会えないのではないかと思います。この人のこれを買いたいというときにはいいですよ。でも、未知のものと出会う場としての本屋さんが減ってきつつあるのは残念なんです。

私は、その本とそのようにして出会い、もう夢中になって、まず、何しろおもしろかったんです。おもしろくて、私は最初から最後まで、ほんとうに声を立てて笑いながら読んだ覚えがあります。そのとき、アルバイトをしていた本屋さん、そことは別の本屋さんでアルバイトをしていたんですが、そこの本屋さんの先輩――二十四、五の女性なんですが――に貸してあげたんです。これ、ものすごくおもしろかったからと。そうしたら、彼女が読んで、ほんとうによかった、もう最初から最後まで涙がとまらなかったって、ずっと泣きながら読んだって。そんな極端な差があるなんて、あのときには、わからなかった。私の読み方が浅かったのかもしれないんですけれど、私はとにかく愉快で愉快でしょうがなかった。

まさにタイトルどおり、家族の話なんですけれどね。家族間でやりとりする言葉の小説なんですね。ある人はこういう口癖だとか、兄弟での合い言葉じみたこととか、お母さんの言い間違えとか、そういうことがたくさん出てきて、もう、そういうのがただ楽しくて愉快で、何度も読みました。しかもそのとき、私は漠然と物を書きたいと思っていて、二十一のころですけれども、粗筋が大事ではない小説でもいいんだという、それこそクライマックスがあったり、起承転結がはっきりしていたり、教訓みたいな胸打つテーマみたいなものが、ないと言うと乱暴ですけど、わかりやすくなくてもいいんだというので励まされもしました。

そして、その分、奇跡みたいに美しい、それこそ、さっきのエッセイのときと同じ感想なんですけれど、普通だったら埋もれてしまうもの、忘れ去られてしまうもの、その家族の間、お父さんがたとえば怒るときに、「ニグロ沙汰」と言うんですね。イタリアの家族ですけれど。しかも、ばかなことをするとか、くだらないことをするときにニグロ沙汰だって、うちの父もわりと同じようなことを言っていたんですけど、でも、物語にしない限り、家族以外には意味のないことだし、死んでしまえば消えてしまうものだし、とどめおけないもの。でも、それをとどめる、物語にすればとどめおけるし、そしてそれは、物語にして初めて普遍性を獲得するというようなことが、今、言葉にするとですけれど、とても励まされた点だったと思います。

そして、あのとき、ナタリア・ギンズブルグと出会えたこと、そして、須賀さんの文章を初めて、翻訳ですけれど、須賀敦子さんの書かれた日本語を読めたことのほかに、その本は、表紙が有元利夫さんの絵だったんです。今、有元さんのファンでもあるんですけれど、私にとっては最初に見た有元さんの絵で、私は、あの表紙を見て、絶対に日本の人が描いたんじゃないと思ったんです。日本の人が描いた絵だと知ってとても驚いたというのも、今となってはありがたいことというか、三つの新しいものを知ることができた大事な本でした。

湯川　うーん、じつに興味深いお話ですね。今の話の中からも、さらにおうかがいしたいことがいくつかありますけれど、ちょっと補助線を引くという感じでいうと、須賀敦子自身がナタリア・ギンズブルグの『ある家族の会話』とどういうふうに出会ったかということを書いています。『コルシア書店の仲間たち』にある「オリーヴ林のなかの家」というエッセイの中に書いてあるんです。

それは、ある日、夫のペッピーノがコルシア書店から帰ってきて、一冊の本をかばんから取り出して、これは一見して君向きの本だと思ったと、それだけ言って、須賀敦子に渡すんです。そう言われて、読み始める。そうすると、たちまち熱中するんです。ほんとうにペッピーノが言うように自分向きの本であるというふうに思うわけです。

その本と出会えて、初めて自分が何か書くとしたら、自分もこういうふうに文章をつくり上げることができれば書けるんだというようなことを思うんですよ。こういうふうにしてというのは、江國さんがちょっとおっしゃったように、日常使っている会話、話し言葉、それを文体に高めるというか、それを使って文章をつくり上げるということができるということが、自分にとってすごい発見だったということを須賀敦子自身が書いています。

つまり、最初に出会ったのは、まだペッピーノが生きているころですから、六〇年代の真ん中ぐらいだと思うんですが、それから、須賀さんは自分の文章を書くのに二十年かかっているんです。でも、その二十年後に自分のエッセイを書けるようになって、書くようになって、そして、自分がいかに『ある家族の会話』から、こういうふうに自分も書きたい、書けるんではないかと思ったということをエッセイにするぐらいに影響を強く受けたということですね。

そういう点で、須賀さんから経由して、江國さんまでつながってくるものがあるわけでしょう。大げさにいえば、そこで二人の作家が生まれるわけですから。

江國　そういう力が物語には、あるいは文学には、そしてこのナタリア・ギンズブルグという作家にはあったんだと思います。そして、『ある家族の会話』が私にとっては一冊目でしたけれど、その後、やっぱり須賀さんが訳された『モンテ・フェルモの丘の家』というのと、それから『マンゾーニ家の人々』、三つともそうなんですよね。三つとも、やっぱりものすごくおもしろいし、励まされるし、言葉と家族が支えている小説です。もし、まだお読みになっていない方がいらしたら、お勧めです。

こういう作家がイタリアにいるのはいいですね。うらやましい。

湯川　そうですね。今お挙げになった三つがおそらくギンズブルグの代表作で、『マンゾーニ家の人々』のマンゾーニは、十九世紀末のイタリアを代表する国民作家ですよね。ちょうどイタリアが国家として統一されるころに力を発揮した人で、イタリアがイタリアとして一つの国になるときに非常に大きな影響を持った象徴的な人間、作家ではあるけれども、国家が誕生するのに力を発揮した人間だった。この人が死んだときに、作曲家のヴェルディが、葬送曲をつくっているんですよね。

そういう国民的な作家のことを『マンゾーニ家の人々』は残された手紙を主として使っていて、要するに、普通のリアリズムの小説というよりも、いろんな工夫がほどこされていて、手紙がその小説のベースになっているのもその一つ。

やっぱり特別な言葉に対する感覚が、ああいう小説をつくらせているんじゃないか。この文学史の流れで言うと、ヨーロッパのモダニズムという文学思想のイタリアの実現と言ってもいいと思うんですけれども、そういうものだと思うんです。

それはやっぱり、言葉というものを小説の中心に置くということが、この三作ともに言えると思うんです。やっぱりそこのところが江國さんという作家につながっていくところだと。

江國　つなげなくていいです（笑）。

湯川　いやいや、つなげるんじゃなくて、つながるんです（笑）。

江國　そうなんですか。いたたまれなくなります。でも、そうですね。小説は基本的に言葉で書かれるものですし、そうですよね。

それに、私は、『マンゾーニ家の人々』を最初に読んだときには、マンゾーニという国民的作家のものは一冊も読んだことがなく、イタリア文学史にもまったく、今も大して変わりませんが、知識がなく、だから、ほんとうにある家族の話、一族の話として読んだんですね。文学史とは関係なく。

そのことがかえってよかったと思うぐらいおもしろくて、文豪の一族の話だからいいわけではなくて、当然なんですけれど、それはギンズブルグの小説のどれにもいえることです。その意味で、とても人間臭い切り取り方をしていますね。

一見すると、『マンゾーニ家の人々』はとても厚い本ですし、小難しそうな書簡が多いですから、取っつきにくい印象を持たれるかもしれないんですけれど、とても人間臭い、そして、ユーモラスに書かれている。それが小説としての骨太さというか、一部のインテリ層に向けて書かれたものではない力強さを備えていて、しかも、文章が、それに関しては、どこまでがギンズブルグの力で、どこから須賀さんの力になるのか、はっきりとはわからないですけれど、でも、須賀さんが翻訳された日本語で読む限り、とても正確で静かで精緻で、なおかつユーモラスというのはすばらしいですね。

湯川　『マンゾーニ家の人々』は、マンゾーニの家族というのは、特に息子が没落して、貧民窟みたいなところに暮らすようになるんですよね。それを父親のマンゾーニが簡単に救わないという、かなり重く暗く長いものになるんですけれども、でも、全体の印象としては重く暗く長いというわけではないわけです。

江國　ないですね。

湯川　マンゾーニの代表作は『いいなづけ』といいます。これも日本で平川祐弘さんが翻訳しています。非常にいい翻訳が出ていますけれども、今でも河出文庫に入っています。お読みになるといいと思います。それは、イタリアの国家が統一されるころの話として非常におもしろいものですから。

　しかし、さっきの話の続きで言うと、『ある家族の会話』を、江國さんの先輩は最初から最後まで泣きながら読んでいるわけですね。

江國　はい。そうなんですよね。

湯川　江國さんは大いに笑いながら読んだわけで、こういう違いはどこから出てくるんだろう。

江國　どこから出てくるんでしょうね。今日、先輩を呼べばよかったですね（笑）。そのことについては、とても驚いたことを覚えていて、しかも、その先輩との会話は電車の中だったんですね。電車の中で、しかも別れ際だったので、もうずっと涙がとまらなかったと、今も泣きそうと言いながら彼女がおりていったことも覚えています。彼女もとても本の好きな人なんです。

彼女とは、その後、この本について話していないんですけど。もしかすると、一つには知識の差があったのかもしれないです。イタリアのその時代の悲しい面、苦労の面を彼女は読み取れたけれども、私はそういう社会的な背景が見えずに、家族の会話とか、そこで起こっていることだけを見ていたのかもしれないんですけれど。一冊の本から何を感じ取るかというのも、人それぞれでおもしろいことですね。

たとえば、失われてしまったもの、父親の口癖だったとか、母親の言い間違えとかというのも、最初にこの本を読んでから三十年ぐらいたつんですけれど、最近のほうが、あのころよりはちょっと涙もろいというか、泣きたいような気持ちになったりします。誰かと話していて、たとえば「うちの母の口癖だった」なんて聞くと、お母様とは会ったこともないのに、話の中にお母様の何か具体的な口癖なり何なりが見えると、失われてしまったものであるがゆえに、泣きたい気持になったりするんですね。何でしょうね、年をとったのかな。感傷的になるんですかね。

湯川　いや、そうじゃないんじゃないかな。涙もろくなるというのは、七十過ぎないと（笑）。

江國　でも、そろそろ。

湯川　いやいや、全然遠い、遠いですよ（笑）。

江國　でも、二十一のころには、物語である限り、人が死のうと、おもしろいというか、物語的に効果があれば、全然悲しくなかったんですよね。歴史的な悲劇であっても、戦争であっても、フィクションである以上、もっといけみたいな。たとえば殺人鬼の話だったら、もっと殺してとか、もし平均値をとったら、基本的には冷酷な読み手のほうだと自分で思うんです。

冷酷な読み手だと思うけれども、それでも最近は、かけらというか、歴史的な背景がちらつくことが昔よりはありますから、もしかすると、そのときも、その先輩のほうが深い読み手だったのかもしれないですね。年齢はまだ、先輩にしたって二十代ですから、若いんですけど、でも、物を私より知っていた分、つながる回路の多い人だったんじゃないか、物語と歴史と現実をつなげてしまうような。

たとえば、本の中で母親が出てくると、自分の母親を重ねてしまう人というのがいますよね。そうすると、余計、泣いたり笑ったりしやすくなるのかもしれない。私は基本的に重ねないので、よそのうちの愉快な日常みたいな気持ちで、サザエさんを見ているみたいに楽しく読んでしまったんですけれど。

湯川　なるほどね。去年、村上春樹さんに公開インタビューしたときに、自分の小説を読んで涙を流すよりも、げらげらと笑ってくれるほうがうれしいと言っていました。だから、作家というのは、そういう気持があるのかもしれませんね。

それはなぜかというと、物語をつくっているわけですから、意識的につくろうが、須賀さんのように天然、自然に——僕は半分意識的だと思いますが——つくっていると、やっぱり泣くという閉じ込められた世界であるよりも、笑うという開かれた世界の中で自分の小説を読んでもらいたいみたいなことがあるのかもしれませんね。

江國　どうでしょうね。どうなんでしょうね。ナタリア・ギンズブルグがどっちを望んだかはわからないですけどね。

湯川　『ある家族の会話』の中で、僕の記憶によれば、ナタリアのお母さんがプルーストのファンだったということが出てきますよね。若い学生と一緒になってプルーストを読むのを父親の医学者が冷たい目で見ていて、またそんなことをして遊んでいるという場面があったと思うんですけれども、要するに、あれは小説の中で、自分の文体ができていく、プルーストに背中を支えられているんだよということをおそらくいっているんだろうと思うんですね。

それは、プルーストのエッセイ風の長たらしい文体とギンズブルグの、翻訳された限りで、須賀さんが翻訳している文章と全然共通点はないんだけれど、要するに、話し言葉から文章をつくっていける、文章体をつくっていけるという、ギンズブルグの確信みたいなものが、そのエピソードを紹介することによって出てきているんじゃないかなと思うんです。

やっぱり『ある家族の会話』のいちばんの特徴は、家族がかわしている会話ですね。そういうものが物語を語る文章になり得るというところまでつくられているというか、そういうことがあるのかもしれませんね。

江國　そうですね。きっとそこに関しては意図的なんでしょうね。作者が意図的で、今のプルーストにしても、やっぱりつながっている、つながっている場所である、つながれるのだという確信がきっとあって、あの本のいちばん最初に、ナタリア・ギンズブルグが序文のようにして、これは小説ではあるけれども「出てくる場所、出来事、人物はすべて現実に存在したものである」と書いていますよね。普通の前書きは逆ですよね。同じ名前を使っているがフィクションですと書くか、都合によりちょっと変えてありますと書くか。でも、全部、覚えている限り事実である。そして、もし自分が忘れたこととか、間違って覚えていることがあったら、違っているかもしれないが、自分の覚えている限りすべて事実で、名前も同じである。だから、これを読んで不愉快な思いをする人がもしいたら申しわけないというような序文がついているんですね。

事実を伝えるために、事実を書くためにノンフィクションではなくフィクションにする。逆に、それが唯一の方法である。そういう強い確信がナタリア・ギンズブルグにはあったと思いますし、その確信は須賀さんにもあったに違いないと思うんです。須賀さんはエッセイを書かれたわけだけれども、それを伝えるには物語にしなければならないという確信はきっとおありになっただろうと思います。

湯川　確かに、須賀敦子の文章は、出てくる人たちは全部実名で出てくる。でも、これにたどり着くには、須賀さんなりに、すごい逡巡と決心が必要でもあった。その一例だけを挙げますと、『トリエステの坂道』の中で、ペッピーノの弟のアルドの息子のことを書こうとした文章というのがあって、それは雑誌の連載では、全部仮名にして小説ふうにしてあるんです。自身も客観的な第三者の名前になっているわけ。全部仮名にして、そのほうが家族のことについて書くのは書きやすいというふうにお思いになったんでしょう、実際にそんなふうに書いているわけですから。だけど、本にするときに、全部実名に戻して、いつものようにあったことを書いているわけです。

結局、須賀さんという人も、書いているうちにそれが物語になってもいいんだというふうに、何か得心することがあったんでしょう。でも、何度も何度も打ち返しながら、そういう思いに最後は捉えられていって、確信するに至ったということだったんでしょうね。

江國　湯川さんは何しろ、須賀さんご本人とお親しかったわけですよね。どういう方でしたか。

湯川　一つは、先ほど紹介した江國さんの文章の最後のところで、須賀敦子のこういう文章を引用しています。須賀敦子がフィレンツェについて書いたところです。

「街中が美術館みたいなフィレンツェには、『持って帰りたい』ものが山ほどあるが、どうぞお選びください、と言われたら、まず、ボボリの庭園と、ついでにピッティ宮殿。絵画ではブランカッチ礼拝堂の、マザッチオの楽園追放と、サン・マルコ修道院のフラ・アンジェリコすべて」そういうものをみんな持って帰りたい。

その文章に触れて、江國さんはこう書いているんですよ。

「持って帰りたい?! これを読んで、ばったり少女にでくわしたみたいに微笑まないひとがいるだろうか。須賀さんの文章にはめずらしい体言止めが続き、そこにいるのは、秘密の場所を教えてくれるのに、息を弾ませて幸福そうに、誇らしそうに、駆けだしてしまった少女みたいだ。」

と書いているんです。この最後の「少女みたいだ」ということが言いたいので、今、引用したんですけれども。非常にたちの悪い少女みたい（笑）。

江國　きっと須賀さんが聞かれたら喜ばれるような気がする。たちの悪い少女、たちのいい少女より、ずっと上等です。

湯川　そうかもしれません。やんちゃで、人生において、笑うという効果をすごくよく知っていて、でも、夢中になると、ほんとうに子供みたいに何かに無我夢中になるということが、つくり上げたのではなくて、体質として、本来的にあったような人だと思うんです。

さっきから、ギンズブルグの『ある家族の会話』は、家族の会話から出発して文体をつくり出したという話をしていますけれど、須賀さんは若いころはほんとうにおしゃべりで、落語が好きで好きでたまらないという人だったんだそうです。落語が好きだということは、僕も実際に聞きましたけれども、僕らと会うと、そんなにおしゃべりという感じはしなかったんですが、でも話し出すととまらないようなところがあった。特に女の人が相手だと、おしゃべりになったようです。

江國　そうですか。でも、意外ですね。何かエッセイからは、そんなおしゃべりな感じはあまりしないですね。

湯川　しないですよね。

江國　今日、湯川さんにお聞きしてもう一つ意外だったのは、須賀さんが自動車の運転が大好きな方だったって。それも意外でした。自動車の運転をされるんだって。

湯川　さっき言ったように、一九七一年だったと思いますが、須賀さんは、もう日本に帰ると決心したときに、イタリアからアルプスを越えてパリに行ったのですが、自分一人で車を運転していくわけですけれども、ずいぶん勇気がいったんだろうと思うんです。それを実現するぐらい車の運転が好きだったんです。

江國　日本に帰られてからも運転したんですよね。

湯川　運転していました。一種の暴走族ですよ（笑）。

江國　それ、すごく意外でした。

湯川　あの井ノ頭通りを八十キロで走ろうとする。

江國　格好いい。サガンみたいですよね。

湯川　これはね、ほんとうにすごかったですよ。

僕は、『コルシア書店の仲間たち』という本を編集者として担当したんですけれども、一章でき上がると、できましたよということで、須賀さんの家へ行って、じゃ、読みましょうと言って、一章ずつ読んでいったんです。ああでもない、こうでもないといろいろ話をして、終るのが大体、まあ、お会いするのが会社が終った後ですから、八時とか九時ですね。そうすると、どうしても夜中になって、もう電車があるかないかというとき。僕の家は当時、井ノ頭通りの浜田山にありましたので、送ってくださったんですが、これが怖くて（笑）。ゲラを読んでいるときのほうがどんなに安全か（笑）。

また、車の失敗談を平然と話してくるんです。東京の世田谷区というのは、農道がそのまま車道になっているところが多くて、一回突っ込むと出てこられなくなるという複雑な道になっているらしいんですが、あるとき、ある道を通っていって、あれ、もしかすると、これは行きどまりかもしれないなと思って、車をとめて、ふっと見たら、下が二メートルぐらいの崖だった、よくあれは落ちないで済んだ、というふうなことを平然と話す人でしたから、車の運転が好きで、下手で（笑）。

江國　下手も加わった。

湯川　スピード狂であると。そこのところ、実に少女っぽいですよ。

江國　少女ってそういうものですか（笑）。でも、そうかもしれない。

でも、その須賀さんが、若いころから両親に反対されても自分で決めてクリスチャンになったりとか、反対を押し切っても留学されたりとか、反対を押し切っても結婚されたり。

湯川　反対を押し切ってですよね。

江國　だから、やっぱり行動的な女性だったんですね。確かにそれらのことがエッセイに書いてはありますけれど、とても厳しい、静かな感じのイメージが先に立ちますけれど、でも、きっと、おっしゃるように、やんちゃだったり情熱的だったりされたんでしょうね。

湯川　おっしゃるように、エッセイだと静かで、対象と距離を保っていますよね。その距離の保ち方が見事だから物語になるんだろうと思うんです。あれは、自分の感受性を前面に出さずに、対象に語らせるというか、対象が持っている物語を展開するという、それはかなり自覚的な覚悟で書いていたというふうに思うんです。

だから、江國さんの言う物語性とあの文章の書き方というのは、非常に密接に結びついていて、自己というものを、実生活のときのように主張しない、自分の思いどおりには絶対やらないで、黙って聞いている。黙って聞いたり見たりして、そこから世界をつくり出していくということだったんだなというふうに思う。それは随分、人格としても二重性というものがあるような気がしますね。

でも、今の車の話だと、喜んでやんちゃぶりを話しましたけれども、本質はやっぱりインテリですよ。むしろ大変な知力、大変な蓄積された教養の持ち主で、それを簡単には出さない。そういう意味で、まあ、せいぜい車で走るぐらいしか気の晴らしようがなかったのかもしれません。

江國さん、いちばん印象に残っている須賀さんの作品は何でしょうか。

江國　難しいな。須賀さんが書かれた、いちばん印象に残っている作品ですか。

湯川　好きなのでもいいんですけれども。
江國　どれも好きなんですけど、私は『ヴェネツィアの宿』かな。『ヴェネツィアの宿』がいちばん印象に残っています。
湯川　なるほど。あれは、両親、父親と母親のことを書くというのが目的で、延々と遠回りするでしょう。
江國　はい。そうですね。
湯川　なかなか父、母に行き着かないですよね。あの遠回りの仕方。
江國　そこもちょっと印象的なんですね。彼女の逡巡というか、逡巡と知性、決して矛盾はしないんですけれど、ふだんの、ふだんって、もちろん本で見る限りのふだんですよ。ふだんの明晰さと逡巡のせめぎ合いが何ともスリリングですね。
　美しい景色なり人間関係なりをたくさん書かれている。それは読者としては、美しいとかすてきだとかうらやましいとか格好いいというふうに、簡単に受け入れてしまいますけれども、そのいちいちに、あの明晰さと逡巡とのせめぎ合いが常にあったはずで、それが『ヴェネツィアの宿』では多分、すごく表面化していて、私の印象では、明晰さよりわずかに逡巡がまさっている。それは結果として、ほかの本にはない感じ。ほかの本は明晰さが勝利した感じがするからかもしれないですね。どのご本も私は大好きですけど。

湯川さんはどれが。

湯川　いや、僕はあまり、取っかえ引っかえ読んだから、どれがいちばん好きということはなくなったんですけれども、今の『ヴェネツィアの宿』で、お父さんのことを最初に書きますね。それから、回り道し始めるんですね。二回目、三回目は全然関係のないことを書いて、四回目ぐらいにお母さんのことを書いたり、父と母の二人の場面を書いたりする。その回り道の仕方を、当時、毎月、あれは「文學界」で連載されて、僕はもう編集長じゃありませんでしたけれども、ゲラになるたびに読んで、須賀さんがやってくるから、今度はどうでしたかみたいな話をしていたんですけど、ああ、今月もまた逡巡して、ほかのことをやっている。いつになったら両親のことに帰り着くんだろうと、半分、気がもめていましたけれども、今になってみると、あの飛び石のように余計なことが置かれているのが、実によく効いているという。

江國　はい。絶対に必要だったというのがわかりますよね。

湯川　なぜこの話題が必要だったかというのは別にして、とにかく遠回りが必要であるというのは非常によくわかって、かといって、いわゆる自分の父や母のことを書くというのは、日本のジャンルでは私小説なんですよね。ところが、私小説の気配というのがほとんどないんです。そこが非常に不思議な感じがして、やっぱり考え抜かれているなという感じがしました。

江國　そうですね。私はそこに性質というものがあると思うんです。たとえば私小説的と日本では言われるであろうことを、ご自分のご両親のことを書いてすら物語になってしまうという、それはやっぱりある種、性質だと思うんですね。

もちろん、性質だけではなくて、書くということにおいては、当然、いろいろ考えられているし、いろいろな意図が働いているにしても、それらをどう考えられようが、どう意図されようが、物語からは、逆に言えば逃れられなかったというか、物語になってしまう、物語にしてしまう性質のような気がしますね。

湯川　それは、性質がおそらく先なんでしょうけれども、お父さんと、最後のオリエント・エクスプレスのコーヒーカップのあのエピソードなんか、何か物語が後ろからついてきているという感じがします。あんな話があるのかと思いますよね。もう危篤の父親に、父親が望んでいるオリエント・エクスプレスのコーヒーカップを持っていく。それを見て、翌日、お父さんは亡くなるわけですが、これはほんとうに人生に物語がついていっているという感じがしました。

また物語のところへ話が戻ってきたところで時間になりました。江國さんのお話をうかがって、目をひらかされるように思いました。どうもありがとうございました。

須賀敦子を読み直す

湯川 豊

みなさん、展示会はごらんになりましたでしょうか。僕は最初の日の内覧会で見て、神奈川近代文学館のすぐれたスタッフのおかげで非常に充実した展示になっているなと思いました。須賀さんの写真がたくさん出されていて、各時代の須賀敦子がそこにいるわけですけれども、何か写真に声をかけられているという感じがあって、だんだん妙な気持になってきました。

歩いているうちに、僕も須賀さんにいつの間にか話しかけていたんです。小学生時代の須賀さんに向かって、あなたは生涯ちっとも変わりませんねと、その少女の写真に向かって話しかけていることに気がついて、ああ、これは時間が混乱していると、ふと意識したりしました。なにしろ僕が須賀敦子さんに会ったのは彼女が六十一歳のときですから、とても小学生時代の須賀さんと知り合いというわけではないんですけれども、その少女に話しかけるというのはどういうことなんだろう。あの展示会の中で、須賀敦子という一人の人間の時間というのが溶け合って、まったく別の時間があの展示会の中に流れていて、須賀敦子六十九年の生涯の時間が順序正しく流れているのではないなということに気がついたんです。日常の時間ではない、私たちが日常体験する、進行していく時間でないものがそこには出現している。展示会を見終って、要するに表現というもの、展示会も一種の表現ですが、表現というものがうまくいった場合には、そんなふうに日常の時間ではない別の時間が現われてきて、私たちをつかまえるのではないかと思ったのです。

これは、小説でも、エッセイでも、何か読んだときも同じことであって、明らかに文章の中には日常の時間でない時間というのがある。それは表現がうまくいった場合ですけれども、そういう時間が出現して、そういう時間の中で僕たちは感動を得たり、新しい認識を得たりするんだなということを、終り頃にふと思ったことでした。

さてその内覧会のときに、前から知り合いの、ある新聞の文化部の記者の方がやってきて、須賀敦子の持続する人気というか、亡くなったのが一九九八年ですけれども、今に至るまで人気がずっと続いているのはなぜだろうという質問を受けました。僕がそのときに、どういう答えをしたかといいますと、よい文章を読むということが、普通の人間、読書人にとってまず第一の喜びであること、よい文章を読む快感というものがまず第一にあるのであって、何が書かれているかということよりも、それが大切なのだ。文芸ジャーナリズムというのは、文芸評論家などども含めてどうもそのことを忘れている。須賀敦子が読まれるというのは、要するにあれがよい文章だからではないでしょうかといったんです。よい文章を読む楽しさ、快感がここにあるというのは、口づてで静かに伝わっていくものであって、ゆっくりしているけれども、その伝わり方は確実で、しかも意外な広がりを見せるというものではないかと、いったんです。その考えは今でも変わりません。

須賀敦子の文章の特徴を一言でいうなら、あれは美しい文章です。美しい文章というのは、美文ではない。美文というのはだいたいつまらないものです。中学校の教科書に載っているような、いわゆる美文というのがいかにつまらないかというのは、今、お読み返しになったらたいていの方が気がつくと思うんです。しかし、美文ではない美しい文章というのは、じゃあ、何なんだろうということになって、これは論じ出すと非常に難しい話になるから、ここではそこのところへ入りこまないようにして、こういうことだけを頭に置いていただきたいと思うんです。何が書かれているか、つまり内容と同じぐらい、あるいはそれ以上に、どのように書かれているかということのほうがうんと重要である、と。

どのように書かれているかというのは、文体——英語でいうとスタイルの問題であって、そのことが大事なのであって、そちらのほうがむしろ、普通の人が文章を読むときに直感的に大切にしているんじゃないでしょうか。実は、その文体というものが文章の内容も決めていっているのである、つまり中身をも決めていっている。

ここまでいくと、かなり専門的な文学の話になるわけですけれども、今、僕がここでいいたいのは、中身、内容というものをいつもいつもいちばん問題にしているけれども、言葉を使った表現である以上、文章というもの、それが人を打つかどうか、美しいと思わせるかどうか、それがいちばん問題なのである。そのことをまず前提のようにして頭に置いていただきたいと思うんです。

こういうことを正面きって考えることができるのは、須賀敦子が書いた文章が残されている、僕たちがそれを所有しているからです。いうまでもなく、文章の世界だけに限っても、じつに多くの人びとがいるわけですが、その文章について、まず文章そのものに値打ちがあるのだといえる人はそんなに多くはないのです。書かれている中身が何やら個性的な感覚や思想を持っている文章はたくさんあるにしても。

一つの例として『コルシア書店の仲間たち』というエッセイ集をとりあげてみましょう。

これはイタリアのカトリック左派の運動の拠点であるミラノのコルシア書店の仲間を描いたものです。ところが、このカトリック左派の運動というのは最小限しか説明されていない。どういうものであるかというのは、ほとんど書かれていないんです。共同体の理論か、あるいは理論がつくり出した運動がどういうものであるかというのは書かれていないんです。後で調べたり、それから、そのメンバーの理論的支柱であったカミッロという神父が書いた文章によって、ああ、やっぱりこういうものだったのかというのが、須賀さんのエッセイよりも、もう少し明確にわかったというだけに過ぎません。

じゃあ、かわりにどういうことが書かれているのかということになります。そのイタリアにおけるカトリック左派の運動の中心人物はダヴィデ・トゥロルドという神父ですね。その神父とのつき合いについて書いてあるわけです。

須賀さんは、一九五五年にフランスの留学から帰ってきて、その後、何年か東京で勤めて、一九五八年にイタリアに再留学するんですね。最初、ローマに行く。ローマに着いて、前から世話をしてくれているマリア・ボットーニという人に頼んで、ダヴィデに会わせてもらったのが最初です。そのときのことがこういうふうに書かれている。ちょっとだけ読みますね。

「一九五八年、ローマに着いて最初のクリスマスも近いある夜、私の願いをききいれてマリアが連れていってくれた、街はずれの教会で会ったダヴィデは、まるでギリシャの古典劇の英雄や神々を思わせる巨大な体格で、まず、私をおどろかせた。やや長くのばした、すこし銅色がかったまっすぐな金髪、ちょっとすねたような表情の碧い目、そして、こんな手をして、よくも『わたしには手がない』なんていえる、と友人たちがからかった、農民の父母からうけついだ、野球のグローブみたいに大きな手。握手をするとその手に、私の小さな手がすっぽりと包みこまれてしまうのをおもしろがって、ダヴィデは滝のように笑った。スクロォショという、多分に擬音的な、水が堰を切ったように流れるありさまをいうイタリア語があるが、彼の笑い声はまさにそれだった。」

要するに、ダヴィデがどういう思想を持っているか、どういう説教をするかというのは書かないで、こういうダヴィデの表情を書くわけです。この短い文章から、ダヴィデという男の存在感がふっと立ち上がってくるでしょう。伝わってくるでしょう。それで十分なんだというふうに須賀敦子は多分考えているんですね。

さっきちょっとだけ申し上げた、この運動の理論的支柱は、ダヴィデというよりも、むしろダヴィデの少年時代からの友人の、カミッロ・デ・ピアツという神父がいるんですが、その人が理論的支柱ともいうべき人です。非常に静かな男だけれども、このカトリック左派のイタリアでの展開のバックボーンになるようなふうには書かれていないがどういう思想家だというふうには書かれていない。具体的にはそのカミッロの思想がどういうものであるかというのは具体的には書いていないないんですけれども、こんなふうにカミッロとダヴィデの関係が書かれている。それをちょっと読んでみましょうか。

「……自分が読んでいる本の話をするときなど、カミッロはふいに顔を赤らめることがあった。まるで、明晰であることをはずかしがっているかのように。ときどき国境の山から降りてきて、書店の奥の部屋にすわっていることがあったが、そんなとき、書店の騒音が彼に吸いとられていくような気がするのだった。

そんなカミッロの、ときには臆病とさえみえる静かさが、彼の思惑をこえてダヴィデを突き刺してしまうことがあった。もちろん、カミッロはすぐそのことに気づいて、自己嫌悪におちいり、生来のひっこみ思案な性格にそれがかさなって、ますますミラノから足が遠のいた。ふたりが、かつてのように、肩をくんで歩ける少年でなくなっただけの話だったのだが、そのあたりまえのことに、ふたりは傷ついていた。」

これは、神父二人の関係というのを、この十行ぐらいのなかで鮮やかにいい尽くしている文章だと思います。こういうエピソードで、この二人の人間関係、それぞれの役割――とにかくダヴィデというのは、いつ会っても滝のように笑う人ですから、うるさくてしょうがない、元気のいいおじさんなんですね。このとき四十近いんじゃないかな、そういう人なんです。それと理論的支柱であるカミッロとの関係というのが、こういうぐあいに表現されている、その一つの例として、今、持ちだしてみました。

この「銀の夜」という一つの章の中にある話から、今、説明したように、人間もしくは人間関係を物語として捉える。こういうことがあったというふうに物語として捉え、物語の中で再現し、語っていく、それが須賀敦子のエッセイの核心にある。その人たちがどういう思想を抱いているか、どういう人生観を抱いているかというのは、会話の端々とか行動の端々に本当にちょっとだけ現われるという書き方なんですね。

さて、「須賀敦子を読み直す」ために、ここでちょっと整理してみましょう。須賀敦子の文章には、二つの特徴があるといえると思うんです。第一は文体を確立していくのが須賀敦子にとってとても大事なことです。その前に、文章を書くということが、須賀敦子にとってはきわめて大切だった。できれば書く人になりたいと願いながら、長いあいだのためらいを経て、ようやくそこにたどりつくことができた。「ふるえる手」というナタリア・ギンズブルグについて語ったエッセイで、いっています。「書くという私にとって息をするのとおなじくらい大切なことを、作品を通して教えてくれた、かけがえのない師でもあったナタリアへの哀惜に、雨降りの歩道で、私は身も心もしぼむ思いだった」。息をするのとおなじくらい、書くことが大切だった。そういわれると、須賀さんにとっての書くことの意味をあらためて考えてしまいます。これについて次に少し話します。

それから第二は、今例としてふれたように、物語という方法を自分の書くエッセイのなかに導入したこと。これまた非常に重要で、物語的方法ということについては、後でもう一度戻ってくわしくふれてみたいと思います。

最初の、文体の確立ということが須賀敦子にとってどういうものであるかということを、まず考えてみましょう。

一九八五年に、須賀さんは一冊の翻訳書を出版するんですが、八五年というのは、自分自身のエッセイをようやく書きはじめたときでもあるんです。その翻訳というのは、ナタリア・ギンズブルグというイタリアの女流作家の、『ある家族の会話』という、これはギンズブルグの代表作の一つといっていいと思うんですが、それを十二月に刊行する。同じ年の十一月、『ミラノ 霧の風景』のもとになった連載、翻訳ではなく、あるいは研究でもない、自分のエッセイの最初のものである連載を「別の目のイタリア」というタイトルで『SPAZIO』という雑誌に連載します。この雑誌は、オリベッティという、イタリアの会社の広報誌なんですが、高級な雑誌で年一回か二回出ている。

その『ある家族の会話』というのが須賀敦子にとっては非常に重要な本で、かつその翻訳を刊行することができた後で自分のエッセイを書き始めるというのは意味があるんです。そのことを少しお話しようと思います。

『トリエステの坂道』という、須賀さんの四冊目のエッセイ集があります。『トリエステの坂道』のいちばん最後に置かれている、先にちょっとふれた「ふるえる手」というエッセイがあって、ここにナタリア・ギンズブルグとの関係が、わりあい首尾一貫して語られている。

それによると、ミラノに住んでいたある日、夫のペッピーノが勤め先のコルシア書店から帰ってきて、須賀敦子の前にポンと本を一冊出して、これは君の本だと思った、といいながら須賀敦子にその本を渡すんです。それが『ある家族の会話』という本なんです。さすがにペッピーノという須賀さんの夫なる人物は、本を読む力もあり、かつ、須賀敦子という人がどういうものに興味を抱くか、どういうものがこの人には必要なのかということをよく知っていたんですね。須賀敦子はたちまち夢中になって、息せき切ってそれを読み通す。

そして、いつかは自分も書けるようになる日への指標として、その本が遠いところに輝き続けることになったといっています。だから、日本に帰ってきた後でそれを日本語に翻訳して、同時に自分のエッセイを書き始めるというのは、意味のあることなんですね。

もう一つ、『コルシア書店の仲間たち』の中に「オリーヴ林のなかの家」というエッセイがあります。これはアシェル・ナフムというパレスチナ系のユダヤ人とのつき合いが書かれているものです。このアシェルは文学青年で、自分も小説を書きたいと願っていて、実際に書いていて、ということがあるんですけれども、この人もギンズブルグ同様、ユダヤ人です。そして、『ある家族の会話』について、アシェルと話したくだりが書かれているんです。そこのところをちょっと、読んでみましょうか。

「……アシェルもナタリアの『ある家族の会話』には脱帽だといった。ある時代のイタリアの歴史が、これほど、さりげなく、語られたことはないだろう。それに、イタリアの文学にはめずらしい、ユーモアがある。きみは、どう思う」。で、その後が須賀さんの答えなんですね。

「自分の言葉を、文体として練り上げたことが、すごいんじゃないかしら。私はいった。それは、この作品のテーマについてもいえると思う。いわば無名の家族のひとりひとりが、小説ぶらないままで、虚構化されている。読んだとき、あ、これは自分が書きたかった小説だ、と思った。でも、アシェル、あなたのいうように、ユダヤ人の系統の違いなんて、いままで考えたこともなかった。」

つまり、あ、これは自分の書きたかった小説だと思う。その核心に、登場人物たちが、小説ぶらないまま虚構化されているという評価があるわけです。『ある家族の会話』というのは、徹底的にしゃべり言葉を利用して、それが書き言葉、確固とした文体に転化されているというふうな説明も別のところでされています。

ナタリアのお母さんがプルースト・ファンで、ナタリアが少女時代に、お母さんが学生たちと一緒にプルーストを読んでいるシーンが出てくるんですよ。お父さんは医学者ですから、自分の学生が文学なんか一緒になって読んで、何を遊んでいるんだという冷たい目で見ているんですけれども、このプルーストを学生と一緒に読んでいるお母さんを描写しているというのは、一種の文体宣言でもあるというふうに須賀敦子は考える。なにしろこの小説全体が、話し言葉を文章の言葉にみごとに転化しているというまれにみる達成なのです。

プルーストという人は、二十世紀初めに、『失われた時を求めて』という、今や大古典となっている大長篇を書いた人ですが、アイルランド出身のジェイムズ・ジョイスとフランスのプルースト、この二人が二十世紀の文学というもののもとになっている。そのプルーストから、その文体について学んだということが、『ある家族の会話』の中に、出てくるんです。それはギンズブルグとしたら一種の文体の確立宣言みたいなものではなかったかと、須賀敦子はいうのです。

ギンズブルグは家族の言葉、話し言葉を書き言葉にする、そして書き言葉にすることによって、非常に独自の文体をつくり上げた。そういう文体をつくり出すことこそが書くことであるというふうに、須賀さんは『ある家族の会話』を読んで考え、それを翻訳するときにまた考え、そして自分の文体というものをつくり上げようとした。

僕は、話し言葉といい、書き言葉といっていますね。皆さん不思議に思われるかもしれない。つまり、今は口語文というのは、みんな話し言葉で書かれているじゃないかと思われるかもしれません。実際はそうではないでしょう。文章というのは、あれは文章言葉なんですよ。日常、私たちが話しているような言葉で地の文は書かれていません。そのことはすぐ気がつきますね。明治になって、夏目漱石とか森鷗外とかが文章体というものをつくり出したとき、もちろんそれは、江戸時代の文語体とはまったく違う、明治時代の話し言葉をもとにして、文章体をつくり上げていったんです。須賀敦子という人は、このナタリア・ギンズブルグのやったことを日本語でやるべく努力した。そして見事にそれを果たしてきたというふうに思います。それが、須賀敦子の、うねるような、呼吸の感じられる、論理的でありながら角ばったところのない文体なんです。

文体ということについては、次のような須賀さんの文章を思いだします。パリとフィレンツェの、通った図書館について語っているエッセイです（「図書館の記憶」『時のかけらたち』所収）。読んでみましょう。

「サン・テチエンヌ教会の坂道を降りながら、私は、ふたつの国の言語をまもりつづける、それぞれの国の図書館が、自分のなかで、どうにかひとつのつながりとして、芽をふくまでの、私にはひどく長いと思えた時間の流れについて考えていた。枠をおろそかにして、細部だけに凝りかたまっていたパリの日々、まず枠を、ゆったりと組み立てることを教わったイタリアの日々。さらに、こういった、なにやらごわごわする荷物を腕いっぱいにかかえて、日本に帰ったころのこと。二十五年がすぎて、枠と細部を、貴重な絵具のようにすこしずつ溶かしては、まぜることをおぼえたいま、私は、ようやく自分なりの坂道の降り方を覚えたのかもしれなかった。」

このような須賀さん自身の思いを読むと、僕が勝手に文体文体といっているのではないことがご理解いただけると思います。

さて第二のテーマ、物語的方法というものをエッセイに導入したということですが、このテーマに話を移します。

『ミラノ 霧の風景』、この最初のエッセイ集の最後に置かれている章が「アントニオの大聖堂」です。友人のアントニオと一緒にルッカの大聖堂を見に行く話で、アントニオというのは、ルッカあたりのこと、大聖堂のことをよく知っていて、その人の案内で見に行く。そうすると、見に行ったときの記憶は、早朝、バスからおりて、朝霧で半分見え隠れしているルッカの大聖堂を見たと語られています。それはきわめて荘厳で堂々たる建物であったということが書かれている。

最後に、日本に帰ってから、その後もイタリアに行く機会が何回かあって、あのルッカの大聖堂をもう一度見たいと思って、ある年、一人で見に行った。そうしたら、ルッカの大聖堂というのは正面がつくりかけで、自分が記憶しているような、霧の中で見え隠れしたような、大きな堂々たる建物ではなかったというんですね。そうすると自分の見たのは何だったんだろうと思うわけです。

つまり、記憶の中で見たと思ったものが実は存在しなかった。記憶というのはひどく曖昧であって、存在しなかったものが存在しているもののように記憶されるということがあるんだなと思う。その記憶の曖昧さというもの、それが朝霧で象徴されているんですね。記憶は霧みたいなもので、対象をぼかしてしまう。

『ミラノ 霧の風景』の特徴は、文章はみごとに成熟しているけれど、記憶に頼ってミラノのことを思いだしている、回想という枠組の中にとどまっている、といえると思います。その中でも例外はあって、たとえば「ガッティの背中」では、みごとな描写の中でガッティという人物が立ちあがってくる、という書かれ方になっています。

ところが、この『ミラノ 霧の風景』の後の『コルシア書店の仲間たち』、さらに『ヴェネツィアの宿』など、後のエッセイ集、みんなそうですけれども、そういう霧はまったくかかっていないんです。全部人間像がくっきりと立ちあらわれる。『コルシア書店の仲間たち』も『ヴェネツィアの宿』も、何かを回想して、その記憶を呼び出して、その記憶にしたがって書いているのではないんです。いちばん大事なところは描写をして、曖昧なものを一切なくしてクリアにして、いわば登場する人物の物語を書き、人物をつくり出していっている。だから、普通の回想記とは違うかたちになっている。それは、「アントニオの大聖堂」と、『コルシア書店の仲間たち』や『ヴェネツィアの宿』のエッセイをくらべてみると、よくわかるんですね。

『ヴェネツィアの宿』というのは、お父さんお母さんのこと、芦屋の父母のことを書くというのが最大の目標です。それから『トリエステの坂道』は、冒頭に置かれた三篇を除くと、結婚したペッピーノ、ジュゼッペ・リッカの家族のことを書くというのがテーマになっています。そしてこの両方に一貫しているのは、物語によって、その家族の一人一人を立ちあがらせていっているという書き方なんです。

ふつう、家族を書くというと、たとえば日本文学では、明治三十年代後半から始まった私小説の格好の素材ですね。私小説というのは作家の身辺を素材にして書くのが一つのきまりになっていて、その中で自分の人生の悩みをぶちまけるというのが方程式になっていますが、『ヴェネツィアの宿』も『トリエステの坂道』も、全然そういう私小説的な方法がとられていないで、じゃあ、どうなっているかというと、物語によって一人一人が立ちあがってくるように書いている。ここが須賀敦子の家族の書き方の新しさです。

『ヴェネツィアの宿』で、お父さんのことを書いたエッセイは、冒頭の「ヴェネツィアの宿」と、それから最後の「オリエント・エクスプレス」の二つですね。それからお母さんのことが、その間に一つ書かれていて、それから父母と旅行した話が一篇あるのかな。要するに『ヴェネツィアの宿』で父母について直接的に書いているのはその四篇なんです。あとは遠回りをやっているんですよ。いろんな寄り道をする。

たとえばローマの留学とか、あるいはそれ以前の、戦時中の疎開したときの話とか、要するに自分の体験、自分のさまざまなエポックを書いて、そして、それらの章は全部、自分とは何かという問いかけがあるとは思うんですけれども、しかし題材は、父母を離れて、寄り道をどんどんしていくわけですね。

でも、この四篇というのは本当にすばらしい文章で、「ヴェネツィアの宿」では、女子大の時代に、お父さんがよその女の人と同棲するという事件があって、そのことを書いているんです。

二十歳の女子大生である須賀敦子が、京都の病院にまで押しかけていって、父と女の人に会う場面です。この場面、涙で曇るようなベタベタした話にはなっていない。湿ったところがない。須賀さん自身は最小限しか出さないで、父親と、その女の人の姿が明確に現われてくるように書いています。

なににつけサワリだけ読むのはよくありませんが、ここはその書き方を知るために、やはり読んでみましょう。

「すきとおるような秋のひかりのなかを、さっさっときものすそをひるがえすようにして、父が女の人とこっちにやってくる。休日に私たちと出かけるときとおなじように白足袋をはいた父の足もとがまぶしかった。そんな格好で父が知らない女の人と歩いていることの不思議さが、とっさに理解できないほど、なにか自然な感じでふたりは近づいてきた。どうしよう。自分がこんなところまで来てしまったことの無謀さがこわくなった。でも、いまさら逃げるわけにもいかない。こまった、という気持と、いなくなった父に会えたよろこびに、頰がほてった。

こんなところで、なにをしているんだ。父がこわい声で言った。遠くからは元気そうにみえたのに、向いあってみると、ひげがのびて、目がくぼんでいた。パパこそ、そう言うのがやっとだった。泣いてはだめだ、と思いながら、つけくわえた。パパを探しに来たんです。なにも言わないで家を出てしまうから。父は一瞬こまった顔をした。お父さまはおかげんがわるいんです。父をかばうように連れの女が言った。あまりくさくさするので、そこまでお散歩に出たところです。ちょっとざらざらするような声だった。」

さまざまなことが同居している、いい文章ですね。

最後の「オリエント・エクスプレス」に至っては、父親への客観的批判めいたものもたくさん書きながら、最後には、これ以上ないような父親への信愛感が現われます。死の床に間に合って、父親が望んでいたオリエント・エクスプレスで出すコーヒーカップを持って、死の前日に駆けつけたという話なんです。これも書きようによっては本当に涙ぼろぼろの話ですね。でもそういうことはない。ないことによって、父の人間像、父と自分との関係が明瞭に現われてきます。そして、その上で親愛感も十分に伝わってくる、そういう書かれ方をしている。

『トリエステの坂道』も、ペッピーノの家族のことは書きにくくて、最初、思ったようにはなかなか書けなかったようです。目次でいうと四番目に置かれた「雨のなかを走る男たち」を書いたあたりから、書く姿勢がさだまってきます。

『トリエステの坂道』には「セレネッラの咲くころ」と題した一篇があります。セレネッラというのは、紫苑《しおん》のこと。秋に咲く紫や白の、野菊のような花をつける、わりあい背の高い草があって、それが紫苑です。このエッセイは、しゅうとめのことを書いているんですよ。余談ですがしゅうとめさんというのはベアトリーチェという名前で、これはダンテに出てくるわけですから、その大げさな名前をしゅうとめは常に恥じていたんだそうです。「セレネッラの咲くころ」では、紫苑のことをイタリア語で何と呼ぶのか、日本語では紫苑、あるいはエゾギクという、英語ではアスターであって、などというエッセイ風にのんびりした話が展開されるんです。

ミラノの郊外に鉄道官舎があって、それは下級鉄道員が入る官舎であって、ペッピーノの一家はそのアパートメントの中で暮らしていたんですね。お父さんがまだ生きていたころに、そのアパートメントに入って、結婚してペッピーノがその家を出て、大通りの別のアパートメントに新居を構えて須賀敦子と一緒に住むわけですが、そのお母さん、しゅうとめさんというのは、そこにずっと生きている。そのミラノの外れにある鉄道官舎、本当に狭い、小さいアパートメントらしいんですが、そこの敷地内に小さい菜園があるというんです。菜園といっても、本当に小さくて、恥ずかしくて見せられないといって、しゅうとめさんは嫁である須賀さんに絶対に見せなかったんですね。

そこでどういう草が生えているかというのも、だからわからなかったんですが、あるとき、その菜園でとったという草を持ってきて台所に置く。それはルータという、非常に強い臭気、臭みのある草で、「まるでカメムシのようだ」と書いてあるんですよ。カメムシって、ご存じですか、これをつぶしたら大変ですよ。ダイレクトにさわってしまうと一週間ぐらいにおいが抜けないいんじゃないかしら。まあ、とにかくさわらないほうがいいものです。カメムシみたいな強烈なにおいがするルータという草があって、その草を台所に置いて、そんなもの、何にするのかといったら、グラッパというお酒に入れるんです。これはブドウの皮や種も全部入れてブドウ酒をつくって、それを蒸留酒にした、非常に強いお酒ですね。

グラッパというのはイタリアの小説にはわりあいよく出てくるので、僕が知っている範囲では、マーリオ・リゴーニ・ステルンという、イタリアの北部に住んでいた作家がいて、『雷鳥の森』というすばらしい短篇集があります。これはみすず書房から出ていますから、機会があったら読んでください。アジアーゴ高原という、アルプスのふもとに当たる北イタリアの土地があるんですが、そこでとれるジャムなんかが、最近、日本でも出ていますね。その高原の村は、グラッパの名産地なんだそうです。

グラッパはペッピーノの好物でもある。そこにルータという、強いにおいのする草を入れると、それが変質して、ある時間がたつと、実にいい味になるんですって。芳香になるらしいんです。

で、ルータのにおいはカメムシみたいだと辟易しながら、須賀敦子はこういうことを書いています。自分がルータを嫌うのは、瓶を電燈に透かして見てうれしそうに笑っている夫を見ていて、彼と私の間に、あの嫌なにおいの草が割り込んできたような気持がしたからではないだろうかといっています。母親が、時に、夫と嫁の間に割り込んできている、その違和感を今のように書いているんですね。嫁・しゅうとめの問題は、須賀さんみたいな、明晰で気立てがよくてという人でもやっぱりあるんだなというふうに（笑）、いや、本当に僕はつくづく思いました。

念のために確認しておきますが、須賀さんは、一九六一年にペッピーノと結婚します。それから一九六七年、六年に満たないんですけれども、ペッピーノが死去します。肺炎のようなものが一気に重くなって死んでしまうわけですが、それが一九六七年。それから四年間、須賀さんはミラノに残って一人で生活するんですけれども、コルシア書店というのがうまくいかなくなって、変質していって、一人去り、二人去りして、全然別のかたちになる。そのことで、もういる意味がなくなったと判断して、一九七一年八月にやむなく日本に帰ってくるという、ミラノの暮らし、結婚から帰国まではそういう経緯があります。

それで、夫が死んでから二年ほどたったある日、しゅうとめが初めて自分を菜園に連れていってくれたという場面が一番最後に来るんです。本当にそれは、しゅうとめがいうように、ハンカチほどの広さの狭いものだった。よくここであれだけいろいろなものを、たとえばルータとか、そのほかのさまざまな野菜とか草をとってきたなと。初夏の夕方で、セレネッラはまだ咲いていないというふうなことがあって、結びの文章になるんですね。そこをちょっと読んでみましょう。

「私が切るから、あんたが受けとってちょうだい。そういいながら、しゅうとめは鋏を手に、足先で草をかきわけながら《彼女の》菜園にはいった。ルータにさわらないように気をつけて、おかあさん。うしろから声をかけた私のほうに顔を向けると、彼女はすこし笑うと、ひくい声でいった。だいじょうぶだよ。もう、グラッパに入れるなんていわないから。そのとき、私たちのすぐ近くをローマ行きの列車が大きな音をたてて通った。でも、それといっしょに、おかあさんの声がすこしくぐもって聞こえたのも、たしかだ。」

これは、本当に何気ない物語風の場面を書いて終るという終り方ですけれども、要するに義母とのあいだにあった何かが、夫の死によってふっと溶けて、しゅうとめを理解する。しゅうとめもまた嫁を理解する。その理解の核心には、息子がいなくなった、あるいは夫がいなくなったという最も悲しむべきことがあるんですね。そのことをいわないで、こういう書き方で語る。これが物語的な書き方、語り口なんですね。しゅうとめと私と、夫ペッピーノとの三者の関係が一挙にしてわかる。一挙にしてわかることで、読み手としては、一種の救済がそこにあるということに気がつくわけですね。読んで、ああ、そうなんだという、救われたような気分になる。これが須賀敦子のとった方法だといってもいいと思います。

こういう方法で書かれた文章というのは非常にたくさんあって、それは特に『コルシア書店の仲間たち』でその方法が確立され、それで書きにくいはずの自分の家族のことも書き切るのです。夫の家族は下級鉄道員の一家であって、須賀敦子の生活、育ちとまったく違う、要するにヨーロッパの階級制を考えれば、この二人が結婚することはあり得ないぐらいの違いがあるんですね。イタリアも階級社会ですし、フランスも階級社会です。要するにプロレタリアートはいつまでたってもプロレタリアートであって、お金持は最初からいつまでもお金持であるというふうなものなんですけれども、そういうことで、家族のことを書くのは本当に書きにくかったと思うんです。その書きにくさを物語によって乗り越えているんです。

今、もう一つ思い出したこと。ガッティという、コルシア書店の中でもいちばんペッピーノと親しい、あるいは須賀さんとも親しい仲間がいます。ガッティというのはミラノにある中級の出版社の編集者で、ちゃんとした仕事をしていた人です。その人が中心人物として二回書かれているんですが、『コルシア書店の仲間たち』では、「小さい妹」というタイトルで書かれているし、『ミラノ 霧の風景』で、実は「ガッティの背中」という文章に出てきます。

その「ガッティの背中」の中にある話です。ペッピーノが亡くなった後で、自分がもう帰国しなければならないと決心をしたときに、ガッティの家を訪れるんですね。部屋を訪れる。ガッティは編集の時間に追われている仕事をしていて、今、この仕事を終ったらあなたの話を聞くから、そこでちょっと休んでいてといって、その同じ部屋のソファーのところに須賀敦子は腰かけて、ガッティの仕事が終るのを待っている。そうすると、帰国の準備に忙しい日々だったもんだから、疲れて、ついその長椅子に寄りかかって眠ってしまうんですよ。それで、ふっと目が覚めて、あっと思ってガッティのほうを見たときに、ガッティがちょっと困ったような顔をして、でも微笑みながら自分のほうを見ていたという文章があります。

困ったような顔をして、しかし少し笑いながら自分のほうを見ていたという文章があって、これも、要するにガッティと須賀敦子の関係を一挙に語っているんですね。何もくどくどしい説明はいらない。ガッティというのは須賀敦子に、ペッピーノと同じようにほれ込んでいたということが、その前の段階の小さな記述で、読者は何となく察するわけです。須賀敦子も意識してそれを書いているんですね。そのガッティの前でグーグー寝ちゃっているわけでしょう。はっと気がついて目をあけると、ガッティが困ったような顔をして笑っていたというのは、ガッティがいかに須賀敦子を今でも好きで、そしてちゃんとのりを超えない関係ができている。関係ができていて、お互いに信頼し合っているということが、この小さな場面で全部わかるんですね。本当に得がたい友だちの関係なんです。

こういう文章を書けるということ、つまり物語だからこそ書けるのであって、これをぐだぐだと説明するように書いていたら、読むほうだってつまらなくなるし、何だ、そういうことだったの、で終っちゃうんです。でも物語にすることによって、共感というか、なるほど、そうなのか、人間の関係というのはそういうものだなと、説明抜きでわかる。これが物語的な書き方であって、物語性というものです。少し表現を換えていうと、主観でベタベタ説明しない。対象をエピソードとか描写によって立ちあがらせるのです。

『コルシア書店の仲間たち』は、須賀さんのエッセイ集としては二番目にあたるわけですが、文章の書き方として物語性が強く意識されています。その物語性に導かれるように、全体の構成も非常によく整っていて、コルシア書店の関係者が次々に現われて、この共同体のドラマを伝えてくれるのです。

十一の章があり、その冒頭は「入口のそばの椅子」と題されていますが、いかにもこの本のはじまりにふさわしい人が語られています。

ツィア・テレーサ（テレーサおばさま）とみんなが呼んでいる女性で、コルシア書店、およびその事業のパトロンの一人です。須賀さんが初めて会った一九六〇年には、すでに古希を過ぎていたが、未婚。イタリア最大のタイヤ会社の家族の一員で、大株主。

トゥロルド神父をはじめ、書店の仲間や友人たちは、「まるで中世の騎士たちが、忠節を誓った貴婦人にかしずくようなところがあった」そうです。ツィア・テレーサが店に入ってくると、だれかがすぐに椅子をもってきて、入口のそばのカウンターのまえに置いた。彼女は、本屋に入ってきて、すぐにその椅子にすわらされて、仲間と話したり、買う本を見つくろったりする。すなわち、入口のそばの椅子、というわけですね。

書店の仲間たちの政治的な議論には、まったく興味をもっていない。「ただ、トゥロルド神父の説く、大ざっぱな人類愛を、じぶんの支えにしている」ようなのです。いっぽうで、トゥロルド神父のちょっとした暴走をぴしゃりとおさえてしまうような威厳があります。

イタリア上流階級のあり方を示すさまざまなエピソードが語られていて、その意味でもじつにおもしろい。折々に、書店の仲間たちはツィア・テレーサの自宅に食事に招かれるのですが、デザートはいつもアイスクリーム。男たちが、がやがや議論していると、彼女は須賀さんのほうに向いて、いう。アイスクリームって、どうしてこんなにおいしいのかしら。私はアイスクリームさえあれば、なにもいらないと思うくらいよ。いちどでいいから、はじめからおわりまで、アイスクリームだけっていうディナーを食べてみたいわ。

この言葉に、笑いがとまらなかった、と須賀さんは書いています。

夫のペッピーノが死んだ六七年ぐらいから、コルシア書店のようすが大きく変わって、書店が交流の場というより、闘争の場になってしまった。そして、八十を過ぎたツィア・テレーサは、仲間たちの顔を見分けられないほど老いてしまった。

須賀敦子は、そういうツィア・テレーサを描いて、エッセイの結びとします。

「入口のそばにだれかが置きわすれた椅子にすわって、ぼんやりとほほえんでいたツィア・テレーサ。それが、日本に帰ることを決めた私の、さいごに見た彼女だった。たまに立ち寄って彼女にあいさつする年輩の友人があると、あのすこし軋むような、でもすっかり張りのなくなった声で、彼女はていねいにたずねていた。おや、どなたでしたっけ。きらめきを失ったツィア・テレーサの大きな目が、宙をまさぐり、小さなレースのハンカチをにぎった骨太の手が、ひざのうえでかすかにふるえていた。」

入口の椅子にすわったパトロンの老女の姿を描いて、コルシア書店の、須賀敦子にとってのはじまりから、結びによっておわる姿を予見させる。物語性のみごとな発露だと思います。これを冒頭の一篇とした、一冊の本の物語的な構成をぜひくみとってください。

須賀敦子が、自分が経験した人間関係、会った人物を書くときに、書く前に、あるいは文章を書きながら、一人一人が孤独であることにまで突き詰められている。孤独であることを突き詰めるのは、一人一人が背負っている人生が物語として捉えられているから突き詰めることができるんだろうと僕は思っています。理論とか、思想とか、そういうことで人間の生きる姿を捉えることはできない。けれども、一人の人間がどういう人間であるかというのは、最終的に、その人間が一人で生きているという姿まで想像し、理解したときに初めて捉えられ、そこから共感というものが生まれるのではないかというのが、須賀敦子の発想の中にあったと思われるんですね。

そのことを一番はっきり伝えているのは、『コルシア書店の仲間たち』の「あとがきにかえて」です。どういうことが語られているかというと、『コルシア書店の仲間たち』を書き終った後、こういうことを書いているんですね。ちょっと読んでみます。

「……それぞれの心のなかにある書店が微妙に違っているのを、若い私たちは無視して、いちずに前進しようとした。その相違が、人間のだれもが、究極においては生きなければならない孤独と隣あわせで、人それぞれ自分自身の孤独を確立しないかぎり、人生は始まらないということを、すくなくとも私は、ながいこと理解できないでいた。

若い日に思い描いたコルシア・デイ・セルヴィ書店を徐々に失うことによって、私たちはすこしずつ、孤独が、かつて私たちを恐れさせたような荒野でないことを知ったように思う。」

これは一読忘れがたい文章です。孤独というところまで、その一人一人を突き詰めない限り、一人一人の生きている意味というのは現われないだろうということを、逆の側からいっているわけですね。

物語による慰めというものがそこから現われてくる。つまり共感できるということ、登場する人物に共感できるということは、それ自体が慰めなんですね。私たちが小説を読んで慰められるのと同じことです。私たちは小説を読んで、人生観を学ぼうとか、登場人物の思想を学ぼうとか、実は全然していない。一緒にどきどきしたり、はらはらしたりして、つまり共感するわけです。共感することによって、その人の人生を生きる、そのことによって、結果としてなぜか励まされていく、それが小説を読む最大の機能だと思うんです。

さっき少しふれた日本の私小説で一番不足なのは、実は孤独です。私小説というのは、詠嘆し、涙を流し、人生の悩みを訴える。なぜそんなふうにできるかというと、他人への甘えがあるからそれができる。そういう他人への甘えで読者に訴えて、読者に共感してもらうというのが日本の明治以来の私小説の方法だったんです。それとまったく違う書き方、これを、さっきいったギンズブルグの『ある家族の会話』を代表とするようなヨーロッパ文学から学んだのが須賀敦子だった、そのように考えていただくとわかりやすいかと思います。

その小説性、須賀敦子の文章を読んで誰もが感じる小説性、それは物語性といってもいいと思います。さっきいった『ヴェネツィアの宿』の父親のことを書いた章にもあるし、母親のことを書いた章にもあるし、たくさんあります。「セレネッラの咲くころ」にもあります。

そうしますと、あらゆる小説の魅力というのは、その魅力の中心に物語性というものがあるからであって、そういうふうに私たちに訴えかけてきたり、ささやきかけてきたりする人間像というものが、描写とか、エピソードとか、ゴシップとか、そういうものによって語られる、そこにいい小説の魅力の中心があるんですけれども、須賀敦子は、その小説の魅力というのを、もう十二分に、自分のエッセイ、回想的エッセイの中で実現していると思われるのです。

さて、須賀さんは、『ユルスナールの靴』というエッセイ集をいちばん最後に書いています。ユルスナールというのはフランスの女流作家で、女性で最初にアカデミーの会員になった、本当に玄人《くろうと》好みの大作家ですけれども、実はユルスナールというのは背教者でもあるんです。クリスチャンであることをいつからかやめている。代表作は『ハドリアヌス帝の回想』というのがありますけれども、それ以上にすごいのは『黒の過程』という、中世の終りから近代の初めにかけての宗教戦争の真っただ中に生きたゼノンという哲学者の話を書いた長篇です。ゼノンという、キリスト教に背いてきた人間の物語です。

でも須賀さんは、実にその『黒の過程』のゼノンをよく読んでいて、そのことだけでも

『ユルスナールの靴』は読むに値する、読むべき本だと思いますけれども、その後で、もう自分も小説を書こう、書かなければならないと思うんです。このことは実際に何人もの人が聞いているし、担当者である、新潮社のおやめになったけれども、鈴木力さんという人は、小説を書くために一緒にヨーロッパへ取材しに行った経緯も証言しています。ある修道尼を主人公にして小説を書こうとした。それは、「アルザスの曲りくねった道」というタイトルになって、その序章のほんの一部が未定稿のまま残されていて、これは全集の中に活字として入っています。

エッセイの中で小説を実質的に実現した人が、やっぱり小説を書こうと思った。どういう小説にするつもりだったのか、あるいは今までのエッセイの手法とどういう違いがその小説の中に出てくるのか、これは残されたメモや何かを読んでも、簡単にはわかりません。僕はメモを全部読ませてもらって、いろいろ考えてみたんですが、わかりません。ただ、最後にお会いしたときに、まあ、その前からもいっていましたけれども、今まで書いたのはゴミみたいなもんだったのよ、今度は小説を書きたい、それをぜひともやりたいんだということを病床で訴えられて、僕は言葉を失いました。

今まで書いたのはゴミみたいなものとはちっとも思わない。須賀さん自体も思っていないに違いないけれども、そういう言葉で表現したぐらいに、違うものを書こうとしていたことは事実だと思います。何人かの自分の周囲にいる女性たちをモデルにして、それをいろいろつなぎあわせて、日本に来た修道尼のことを書こうとしたことは確かだと思います。ただ、どうしても時間が許されないということがあるもんですね。亡くなる一年半ぐらい前から本格的にそれに取りかかって、ヨーロッパに取材に行って、アルザスにまで行って、それでやっぱり実現できなかったんですから、これは仕方がないというふうに思うしかないんだなと思っています。

しかし、まあ、長々とお話ししましたように、小説の中の中核的な部分、文体と、それから物語性、二つながらにエッセイの中で実現している、これは現代日本文学の中でも本当に重要で、大きな実現だと思うんです。だから、エッセイだからといって、何か小説の下に置くような評価の仕方には、僕は真っ向から、それは違うというふうに言いたいと思っています。

長いあいだ拙い話を聞いていただき、ありがとうございました。

須賀敦子の手紙

松家仁之

須賀敦子さんの最初の本、『ミラノ　霧の風景』が刊行されたのは一九九〇年、私が編集者になって八年目のことでした。

当時のことはいまでも覚えています。『ミラノ　霧の風景』は瞬く間に本好きのあいだで評判になりました。大ベストセラーというのではないのですが、読んでしかるべき人たちが評判をきいて、確実に手にして読んでいる、そういう印象がありました。

出版社の編集者というのは油断のならない人たちですから、雑誌連載のときから注目していた人もいたと思いますし、あのような本のかたちで姿を現したとたん、次の仕事をめざして各社の辣腕編集者たちが声をかけてくる。須賀さんに連絡をとり、会いに行き、書いてほしい、と依頼がつづいたでしょう。そうこうするあいだに、女流文学賞と講談社エッセイ賞を立て続けに受賞しました。あれほど静かな本なのに、「待っていた人がやってきた」とばかりに、まわりが一方的に熱くなってゆくのがわかりました。

私は当時「小説新潮」の編集部にいました。自分の所属する雑誌で連載をしていただくのには、少なくとも須賀さんの側がしっくりこないであろうと勝手に考えて、手をこまねいて見ているうちに、あっという間にベテラン編集者の人垣が目の前にできてしまいました。それからはもう、後ろから爪先立ちで須賀さんを見ているしかない状況になりました。

あのように物語性のある人生を、ながらく時間が経過するのを待って書かれたこと。成熟した文体なのに、新鮮であること。文学というのは、確かにこういうものだったと、しばらく忘れていたことを思いださせるような本でした。

須賀さんにお目にかかることができたのは、それから三年後のことでした。当時の文藝春秋の須賀さんの担当編集者であった湯川豊さんが、年の暮れや新年早々にひらいていた小さな会がきっかけでした。湯川豊さんはのちに、須賀さんの没後十年を経てから、『須賀敦子を読む』という本を書かれることになります。会といっても趣旨があるわけではなく、親しい編集者や書き手が集まって、食事をしながら雑談をする、忘年会、新年会のようなものでした。二冊目の『コルシア書店の仲間たち』、三冊目の『ヴェネチアの宿』が出たあと、一九九三年の暮れに、銀座の天厨菜館《てんつうさいかん》で開かれた会に初めて私も呼ばれました。

そこに、須賀さんがいらしたわけです。この人が須賀敦子か、と思いながらも、パーティで自分から近づいていって挨拶するのが得意ではなかったので、たいへん失礼ながら遠目でちらちらと見ていました。

まず思ったのは、なんと立ち姿のきれいな人だろうということでした。仕立てのいい黒っぽいスーツを着こなして、上等そうなハイヒールをはいて、膝も背筋もまっすぐピンと伸ばしている。日本人の立ち姿ではないんですね。石畳のある道を歩いて育ったヨーロッパの人が、そこに立っているという感じがしました。立食パーティがさまになる日本人は滅多にいないと思うのですが、須賀さんは堂々として、上品で、じつにさまになっていました。

はじめて参加したこともあったのか、会の冒頭で自己紹介をすることになりました。そういうことがそもそも苦手だったのと、あまりにも緊張していたせいで、その緊張を自分でもほぐそうと思い、ちょっと冗談めいたことを言ったんですね。全体の反応はかんばしくなかったんですが、ひとりだけ、あははは、と笑う声がしたんです。さばさばとしたほがらかな笑い声で、私のつたない冗談を笑ってくださったのが須賀さんでした。

それからの須賀さんのお仕事ぶりも、ひきつづき遠巻きに見ているばかりだったのですが、湯川さんの会で表情豊かに愉しそうに会話をされている須賀さんの姿や声は、自分の中にはっきりと残りました。

須賀さんはそれから五年後、一九九八年の春に亡くなられました。四谷のイグナチオ教会でとりおこなわれた葬儀に私も参列しました。そのとき鮮やかに印象が残ったのが、須賀さんの妹さん、北村良子《りようこ》さんの最後の挨拶でした。

私はそのときはじめて、北村良子さんのお姿を拝見したのですが、須賀さんとはさほど似ているとは思えない。ところが驚いたことに、お話をはじめられたとたんに、声のトーンや話の抑揚が、須賀さんにじつによく似ていらしたんです。かなしい気持で席についていたのに、その声をきく驚きとよろこびが重なって、なんともいえない気持になりました。須賀さんが幼年時代について書かれたものに、ときおり登場される妹さんと、イグナチオ教会で挨拶をされている北村良子さんが、そのまま重なって見えました。

そして、亡くなられてから十年あまりが経過して、当時在籍していた『芸術新潮』で、須賀さんの特集を組もうということになりました。自分が立てた企画だと申しあげたいところですが、そうではありません。編集部の若手の女性編集者が須賀さんの熱烈な愛読者で、須賀さんの愛された美術や建築、そして足跡を残したイタリアや日本の馴染みの土地や場所を、須賀さんの晩年もっとも親しい友人だった松山巖さんと一緒に訪ねて歩く特集を、と立てた企画です。この特集を口実に、私も北村良子さんにお目にかかってお話をうかがえると思い、ぜひ実現させようということになりました。

北村良子さんにご連絡をして、須賀さんの遺品の撮影のお願いをしました。ご諒解を得られて、芦屋のお宅を訪ねることになったのですが、当日は、須賀さんの新潮社の担当編集者だった鈴木力さんと、カメラマンの広瀬達郎さんの三人で、まず甲山《かぶとやま》カトリック墓地にお参りしました。須賀さんはお父様とお母様、それから弟の新《あらた》さんといっしょのお墓に埋葬されています。まわりには緑がたくさんあって、風とおしのいい明るい場所でした。本に描かれたご家族が、こうして須賀さんと並んで眠っていると思うと、不思議な気がしました。

それからお宅をお訪ねして、北村良子さんのお話をうかがいながら、丸一日をかけて、ゆかりの品の撮影をしました。須賀さんの誂《あつら》えた着物数点、『ヴェネツィアの宿』のカヴァーに使われていた絵、筆記用具、大切にされていた小物などですが、入院中に松山巖さんがお見舞いに手渡した丸い石は、須賀さんが気に入ってときどき手にしていたんですね。付き添っていらした北村良子さんがその様子をよくご覧になっていたので、いまも遺影の前に置かれてありました。

この特集が刺戟になって、当時兼務で編集していた季刊誌『考える人』でも、須賀さんの特集を組もうと思い立ったんですね。須賀さんが最後に構想して、ヨーロッパの取材も行い、冒頭の約三十枚の草稿を書きながら、未完に終ってしまった長篇小説「アルザスの曲がりくねった道」をめぐる特集です。タイトルは「書かれなかった須賀敦子の本」としました。

須賀さんは担当の鈴木さんといっしょにアルザスの取材もしていましたし、構想ノートも書き残されていた。さらに年譜的な事実を追っていくと、須賀さんがめざそうとしていた作品の輪郭が、おぼろげながら見えてくるのではないかと思ったわけです。

この特集では湯川豊さんを聞き手に、北村良子さんに「姉のこと」というタイトルでインタビューもお願いして、ふたたび芦屋のお宅を訪ねることになりました。

そしてさらに五年ほどが経過して、私は新潮社を退職し、鈴木力さんも定年で辞めていたのですが、ある日、須賀さんの書かれた手紙のコピーの束が、北村良子さんから鈴木力さんのもとへ送られてきたんですね。スマ・コーンさんとジョエル・コーンさん夫妻宛てに書かれた手紙のコピーは、かなりの厚さのあるものでした。

私も読ませていただくことになりました。北村良子さんに詳しくお話をうかがうと、コーン夫妻と須賀さんのおつきあいは、ずいぶんと長いものらしいとわかりました。須賀さんが入院されてから、須賀さんのつよい希望があって、アメリカからスマ・コーンさんに来てもらっていたこともわかりました。良子さんはわざわざアメリカから来ていただくのは、と躊躇されたようですが、須賀さんがどうしても、ということで、病室から直接電話されたようです。

コーン夫妻は、将来の手紙の保存と取り扱いについてご相談しようと考えて、北村良子さんにコピーをお送りしたようでした。

これらの手紙が、心を許した友人に宛てて書かれているものであることは、一読してあきらかでした。投函された時期も、エッセイストとしてデビューするはるか以前から、亡くなる一年前まで、四半世紀にわたっています。これらの手紙が、須賀敦子という人と作品を考えるときに、少なからぬ価値のある手紙であることはまちがいない。

もちろん、手紙は公開を前提に書かれるものではありません。心を許した友人に宛てた手紙であればあるほど、扱いも慎重にならざるを得ません。もし公開するとしたら、手紙の意義や価値はどこにあるのか、よくよく考えてみる必要があります。『須賀敦子全集』

の編集委員でもある池澤夏樹さん、松山巖さん、そして湯川豊さんも手紙をお読みになり、みなさんとも相談をしました。

編集者である私としては、手紙の一部でも公開させていただけないか、という気持がつよくありました。北村良子さん、そして手紙の持ち主であるコーン夫妻に、あらためて公開のご諒解を得るためにお話をしました。私が編集に参加している雑誌「つるとはな」での手紙の公開について、具体的な相談が始まりました。

須賀さんの手紙を公開する意義と価値をどこに見て、掲載を判断したかは後でお話するとして、その前に、文学者と手紙の関係について、いくつかの例をあげて考えてみたいとおもいます。

興味深い書簡を数多く残した作家として、私の場合すぐに思いあたるのは、夏目漱石です。昭和四十一年に岩波書店から刊行された、函入り菊判クロス装の『漱石全集』全十六巻があります。装幀といい、本文組といい、本文紙といい、いまでもこの版がいちばん気に入っています。一九六〇年代の日本の書籍の造本装幀はほんとうにすばらしいものが多いですね。

この全十六巻のうち、十四巻と十五巻が書簡集です。年代順に並べてゆくと、「修善寺の大患」の明治四十三年八月を境にして、ちょうど二巻に分かれる分量があり、巻数で割っても、全集全体の八分の一を書簡が占めていることになります。

書簡集の解説を書いているのは漱石の門下生だった小宮豊隆ですが、この解説がおもしろいんですね。漱石は自分の心にもないことは書かなかった、したがって書簡によってもまた、漱石の内面生活を正しくうかがい知ることができる、と書いています。さらにこうつづけています。「作品は、恰《あたか》もそれが一般に公開されるものであるといふ理由から、何等かの意味で作者を硬くし、餘所行《よそゆ》きにし、窮屈にし、不自然にする。然るに書簡は、漱石の殆んど全時期に亙る、内面生活の表現である。假令《たとへ》ある時期の書簡は、ほんのとびとびにしか残つてゐないとは言つても、作品と作品との間のとびとびであるのに比べれば、是は正に、漱石の全生涯に亙る、日記であると言つて可い」と、書簡の価値を強調しています。

欧米の出版界では、手紙はどのような扱われ方をするのでしょうか。

ロンドンやニューヨークの書店にいけば、重量級の評伝、自伝が書棚の一画を占めて、ずらりと並んでいるのがわかります。バイオグラフィのジャンルは、日本よりもはるかに盛んで、よく読まれています。その書棚の周辺には、さまざまな書き手の書簡集が、かならず何冊か並んでいるはずです。

たとえば、一九六三年に亡くなったデンマークの作家、イサク・ディネセンは、自伝的な小説『アフリカの日々』によって、二十世紀文学の特別な場所を占める希有な作家となりましたが、この作品はケニアでコーヒー農園を経営していた約十八年の日々を回想して書かれています。農園で働くキクユ族の人々との交流をはじめとして、アフリカの自然や風土、習慣が、鋭い観察眼と抑制された文章で繊細にいきいきと描かれる。夫と別れたディネセンの、イギリス人との恋愛が物語の奥にひかえてもいて、ディネセンにとってのアフリカの日々がどのようなものであったか、読者は自分がディネセンになったような気持で、呼吸をあわせるようにして追体験することができます。

農園経営は最終的に失敗に終り、ディネセンはデンマークに帰国します。その五年後に書かれた作品が『アフリカの日々』です。異国の地で長らく暮らし、そこでさまざまな人々との交流があって、しばらく時間をおいて、その特別な期間を回想する、という作品の成り立ちは、須賀さんの一連の本と重なるところがあります。

そしてこの作品のいっぽうで、ディネセンがアフリカで暮らしていた時期に書かれた手紙が発掘されて、書簡集として一冊にまとめられています。恋愛の相手であるイギリス人、デニス・フィンチ＝ハットンは飛行機の事故で亡くなりますが、彼に宛てた手紙も多数収録されているんですね。読んでみると『アフリカの日々』で描かれているどこか儚いような恋愛のニュアンスよりも、もう少し陰影の濃い、具体的な感情の揺れがうかがえるようなところがあります。恋愛の渦中の手紙と、相手が亡くなって数年後の回想とでは、雰囲気がちがってくるのは当然でしょうけれど、手紙という私的な表現手段ならではのものだと思います。

電話帳よりもぶ厚い書簡集があるのは、スコット・フィッツジェラルドです。この書簡集を編集したのはマシュー・ブルッコリという研究者で、彼は伝記作家でもあります。書簡集の編集のなにがいちばん大変かといえば、紙に書かれた手紙はEメールとちがい、書き手の手元には残りませんから、現物を集めるのがなにより大変な作業なんですね。ブルッコリがこれだけの手紙を集めることができたのは、フィッツジェラルドの娘であるスコッティとのつながりができ、やがて信頼されるようになったことがおおきいようです。スコッティのサジェスチョンや紹介、手助けによって、発掘できた手紙が多かったのではないかと思います。

フィッツジェラルドの手紙は、妻であるゼルダへの手紙はもちろん、娘に宛てた愛情深い、教育的な手紙もすばらしい。家庭を離れた作家としての横顔がはっきりと見えてくるのは、担当編集者のマックスウェル・パーキンズや、フィッツジェラルドのエージェント、つまり出版社との間に立って著作権の管理や印税、原稿料の交渉をおこなう代理人ですね、そのハロルド・オーバーとの手紙などを読むと、アメリカの出版界はビジネスライクで人情の機微などとは無縁のやりとりがなされているのでは、などという安易な想像がことごとくくつがえされることになります。私生活の悩みまで相談にのり、仕事の枠をこえて全人格的につきあい、作品の成立に深くかかわっている様子が見えてくるわけです。大流行作家の内面というものがいかに孤独なものであるかも、ひしひしと伝わってきます。

マシュー・ブルッコリの編集した書簡集でもうひとつ、たいへん読みごたえがあるのは、『ナボコフ書簡集』（上・下巻　みすず書房）です。これは息子のドミトリも編集に加わり、妻のヴェーラ・ナボコフも手紙に脚注をつける、という遺族の全面的協力があって成立したものです。『ロリータ』が刊行にこぎつけるまでの紆余曲折や、刊行後の騒動などが、著者の側でどのように受けとめられ、どのように反応し、動いたかがビビッドに伝わってきますし、映画化されるまでに何度もやりとりがあった映画監督スタンリー・キューブリック宛ての慎重にことばを選んだ手紙など、相手によって言葉遣いやトーンを変えて、相手を動かそうとする息遣いを感じるようで、言葉の魔術師であるナボコフの面目躍如という気がします。本心をそのまま伝える場合もあれば、レトリックによって本心は隠すときもある。ナボコフという作家の複雑な人間性がうかがえます。

ナボコフの書簡集にはもうひとつ、『ナボコフ＝ウィルソン往復書簡集 1940—1971』（作品社）があります。ロシアからヨーロッパに亡命して、のちに渡米したナボコフをもっとも早くに評価した文芸批評家のエドマンド・ウィルソンとの三十年にもおよぶ往復書簡が一冊にまとめられたものです。文学に対して揺るぎない軸をもつふたりが、おたがいへの信頼と敬意のもとに遠慮のないやりとりをした書簡集なのですが、どちらかといえば、文芸批評家としてすでに大家であったウィルソンがナボコフよりもやや優越的な地位にあったことによって、ウィルソンがナボコフの作品を批判することに躊躇がなく、容赦ないんですね。でもナボコフも負けていません。自他の文学的評価に対する信念の揺るぎない感じは、それぞれに立派だとしか言いようがないものです。ところが最終的にふたりは、ウィルソンが書評でナボコフの仕事をこきおろしたことがきっかけとなって、決別することになります。とはいえ、お互いの仕事に対する深い関心と理解がなければ、これだけの量の手紙をやりとりすることはなかったでしょう。

　作家の手紙というものは、じつに興味深いものです。手紙はたいていの場合、書かれた日が特定できます。そのうえ、私たちは、作家の年譜を参照することもできる。書き手にとっては現在進行形でしかないことが、年譜的な事実をかたわらに置きながら読み直すと、書き手がなぜそのような手紙を書いたのかという心理的な背景も見えてくる場合があるわけです。もちろん、手紙を読むことで、作品の背景がかいま見えることもある。

　ただ、残された手紙を読むことによって、作品評価そのものを変えてしまうのはどうかと思います。あくまでも作品は独立したものとして読まれるべきものですから。とはいえ、作品を書き残したのは生身の人間です。作家がどういう思いで作品を書いたか、時代的な背景もふくめて、読者が興味を持つのは当然のことではないでしょうか。

　ディネセンもフィッツジェラルドも、ウィルソンもナボコフも、実人生そのものがじつに興味深い人たちです。彼らの作品の深みや複雑さが、彼らの人生の成り行きとは無縁だと言うのは無理がある。その意味において、手紙は作品を作者の人生とともに理解したいと考えたときの、確かな補助線になりますし、作品を味わうよろこびも、より深くなってくるのではないか、と思います。

紙媒体とウェブ媒体の過渡期にあるいまは、書き手の通信連絡の手段は、Eメールと紙の手紙のふたつが混在している状況ではないかと思います。手紙はこれまでどおりだとしても、Eメールは電報に近い手短なメッセージということもあれば、手紙並み、あるいはそれ以上の長文ということもあるでしょう。やりとりの回数や文字量からすれば、紙の手紙よりもはるかに多いはずです。しかもEメールの場合は、筆跡によって本人の手紙だと確かめることもむずかしい。まるごと消してしまうのも簡単です。書簡集が今後どのように成り立つのか、あらたな問題が出てくることになるかもしれません。

須賀敦子さんから五十五通の手紙を受け取ったコーン夫妻は、須賀敦子さんよりもひと回りほど年下です。

一九七五年から一九九七年までに書かれた五十五通の手紙を年代順に読みとおして、どこにいちばん心を動かされたかといえば、須賀敦子さんがコーン夫妻に全面的な信頼を寄せていたことでしょう。心を許して書いていた手紙だということが、あきらかなんですね。長い手紙はもちろん、絵葉書一枚からも、そのことがひしひしと伝わってくる。

人生の折々に迷ったり悩んだり、ささやかなよろこびを感じていたことが、かなり率直な筆致で書かれています。それも、須賀敦子というひとりの女性の感情ばかりでなく、書き手としての須賀敦子がどのように生まれ、歩みはじめたのか、その姿が見えてくるんです。書き手としてデビューするはるか以前から手紙のやりとりが始まって、大学の教師としての日々、翻訳の仕事に力を入れるようになり、それがやがて書き手としてデビューするきっかけとなってゆくこと、はじめての著書が刊行されるや高い評価を得て、書き手としてのあらたな人生が始まったこと――イタリアでの生活を終えてからの、須賀敦子の人生の変転が、おのずと浮かび上がってくる。六十歳の半ばで長篇小説の構想を得て、とりかかってほどなく病に倒れた須賀さんは、病床からも、何通もの手紙を書き送っています。

書くということへの問いや姿勢についても、日常の出来事の延長線上でさりげなく淡々と、しかし筋道をしっかりと立てて考えられ、語られてもいる。コーン夫妻を相手に、自分の考えを、自分で確かめるように書いていたのではないか。そんな気がするところも多多あります。

コーン夫妻にご連絡をして、住んでいらっしゃるハワイを訪ねることになりました。そもそも、コーン夫妻と須賀さんがどのようなきっかけで知り合うようになり、これほどの信頼関係をむすぶことになったのか、詳しくお話をうかがいたいということと、せっかくの須賀さんの直筆の手紙を、ただ活字で組んで紹介するよりも、便箋やはがきに書かれた万年筆の筆跡そのままに、読んでいただくことができないだろうかと考えたからです。

ハワイのお宅にうかがって、大事に保管されていた手紙を拝見しました。モノクロのコピーで見ていたものとは、やはりあきらかにちがう。須賀さんご自身の気配がそこここに漂っています。ポストカードや便箋や封筒には、たいへんな情報がふくまれているんですね。万年筆の青い文字。須賀さんの筆跡は、いわゆる達筆というのではないのですが、やや丸みをおび、「文字は人なり」とでもいいたくなるような、人柄がそのまま現れた、ほがらかな感じのするものです。

同行したのはカメラマンの久家靖秀さんです。撮影には丸二日かかりました。便箋を一枚一枚、紙の手触りまでわかるように撮影するのはもちろん、封筒の表と裏、絵葉書であれば絵や写真もすべて撮影しました。久家さんの撮影は筆圧まで写りそうなクオリティなので、原寸大で見たら、現物の手紙に近いものになったのではと思います。

スマ・コーンさんとジョエル・コーンさんには、インタビューもお願いしました。おふたりがどのようにして須賀さんと出会い、親密な関係になっていったのか。入院してしばらくして手紙のやりとりが途絶えたあとも、病室に通っていたスマさんと須賀さんのあいだで、どんなやりとりがあったのか。時間をとっていただいて、詳しくうかがうことができました。おふたりとお話していると、須賀さんがなぜ心を許したのか直感的にわかるような気がしましたし、おふたりにとって須賀さんがいかに特別な存在であったのかも、痛いほどわかりました。仕事を離れても、おふたりにお会いできたことをありがたく思う三日間でした。

五十五通の手紙は、一九七五年から始まりますが、では、七五年は須賀さんにとってどういう時代だったのか。幸いなことに、私たちには詳細な年譜があります。『須賀敦子全集』の第八巻に、松山巖さんが作成した単行本一冊分くらいの分量のある、きわめて詳細なものが載っています。この年譜にもとづいてお話します。

イタリアで知り合って、須賀さんが三十歳のときに結婚したのは、コルシア書店の中心人物のひとりで詩人でもあったジュゼッペ・リッカ、通称ペッピーノです。しかし、ペッピーノは一九六七年、病気で急逝します。須賀さんが三十八歳のときでした。七〇年には幼いころから文学的な影響を受けつづけたお父さんが亡くなり、須賀さんにとってはおおきな喪失がつづきました。翌年の七一年には、日本に帰ることを決心します。

アメリカで生まれ育ったジョエル・コーンさんは、コーネル大学で日本文学の研究をして、さらに日本語を本格的に学ぼうと、慶應義塾大学の国際センターに留学することになりました。須賀さんの帰国と同じ、一九七一年のことでした。帰国した須賀さんは、慶應義塾大学の国際センターと日本放送協会の国際局で嘱託として働きはじめていました。

国際センターでは嘱託とはいえ個室が与えられ、フランス語と英語の書類の処理をまかされたことに加えて、留学生たちのあらゆる相談にものるという役割を担うことになります。やがて留学生のあいだで知られた存在になり、ジョエル・コーンさんも「とにかく須賀という人がおもしろいから、君も会いにいったほうがいい」と友だちに言われて、須賀さんのところへ訪ねてゆくんですね。これが七二年のこと。七二年には、須賀さんはお母様を亡くされています。

いっぽう、七二年から七五年までの間、須賀さんが熱心に取り組んでいたのはエマウス運動です。貧困にある人々を手助けするため、キリスト教者として廃品回収の仕事をし、みずから貢献しようという運動ですが、その先頭に立って、かなりの情熱と時間をかけて活動に集中していた時期でもあります。この時期は嘱託の仕事も併行していたわけですから、須賀さんは文字どおり忙殺されていたはずです。かなしみを感じていられないほど自分を忙しくしていたところもあったのではないでしょうか。

コーン夫妻へのインタビューの中でひとつ印象的なことばがありました。おふたりが須賀さんと会ってまもないころ、「須賀さんは孤児かと思った」とスマ・コーンさんがちょっと笑いながらおっしゃるんですね。自分の家族のことをまったく話さないから、天涯孤独なのではないか、と。

須賀さんがふたりと知り合ったときは、さきほども触れたように、須賀さん自身が孤独を感じないではいられない時期でした。イタリアでペッピーノを失い、日本でもたてつづけにご両親を失った。身近な人の死というのは、ほんとうはそう簡単には語ることのできないものかもしれません。年譜的な出来事をかたわらに置きながら、知り合ってまもないころの須賀さんの手紙を読むと、明るい調子の手紙であっても、ひとりでいる須賀さんの孤独が、わずかに透けて見えてくる気もしてきます。

イタリア時代は、コルシア書店という場所があり、夫のペッピーノがいた。公私ともに充実した日々だったでしょう。単身で日本に戻り、自分とはいったい何者なのか、自分はどのようにして生きていくのかと、どこか宙ぶらりんで何かに押し流されそうな気持でいたところに、スマさんとジョエルさんが現れた、そういうタイミングだったのではないか、と想像してみたくもなるのです。

もうひとつのおおきな転機は、一九八五年あたりにあったのでは、と思います。須賀さんは五十六歳。翻訳をしていたその延長線上で、編集者に勧められ、自分のイタリア時代の回想を書きはじめます。オリベッティのPR誌「SPAZIO」での「別の目のイタリア」というタイトルのエッセイの連載です。これがのちに最初のエッセイ集『ミラノ 霧の風景』になっていくわけですね。これまでの人生を、十数年もの時を経て、文章によってあらためて生き直す、というたいへん重要な時期に、コーン夫妻との手紙でのやりとりも頻繁につづいています。

同じ八五年には、須賀さんの翻訳の代表的な仕事のひとつ、ナタリア・ギンズブルグの『ある家族の会話』が白水社から刊行されています。これも、同じ「SPAZIO」で連載されていたものでした。自分が家族とかわした会話の記憶をいきいきと再現することによって、これほど魅力的な作品を生みだすことができる――このことに須賀さんは驚き、こういう作品こそ書いてみたいと、背中を押されたのではないかと思います。須賀さんはこの本の翻訳のことも、自分の文章についても、迷いや不安、目指すべきものについて、コーン夫歳に率直に書き綴っています。書くということについて、須賀さんがかなり自覚的であったことが、手紙のはしばしからうかがえる気がします。

コーン夫妻と須賀さんが出会った最初のころに、また少し戻ってみましょう。

はがきに手短に書かれたものがあります。この飾り気のない、走り書きのような感じも、親密な間柄の現れのひとつだと思います。七六年のはがき。

「1　よかった。きのうハガキが着いた。今夜イタリアに発ちます。Just in time!
2　よかった。まだ外国にいる気がしないなんて。みんながやさしいなんて。おスマさん、ベソかいてんぢゃないかと心配してたので。
3　よかった。グレープフルーツがうまく行って。すごいスパイ事件にかかわったような気がします。
4　よかった。この一週間ロクロク寝ないで書いた小さな論文がやっと出来上って。今夕　羽田で出版社に送ります。
5　よかった。おスマさんとJ.C.がやっといっしょになった、2人に心からバンザイ！
げんきでね
11月27日に日本にかえります　すがあつこ　」
文面が弾んでいて、勢いがあるのは、この日にイタリアに向かうところだということと、もうひとつは五番目に書いてあること、つまりスマさんとジョエルさん――手紙では「J．C．」というイニシャルで書かれている場合が多いのですが――が結婚することへの祝福の手紙でもあったからでしょう。自分の名前をひらがなで書いているところも、すでにお互いが遠慮のない間柄になっていたことが現れていると思います。

結婚する前のスマさんは、大橋須磨子さん。北海道の農家の生まれ、兄妹もたくさんいました。絵を描くのがいちばんの趣味だったのですが、高校を出ると美幌の役場で働きはじめます。そのうちに東京でもっと絵を勉強したいという気持がおさえられず、上京します。ジョエルさんは国際センターで勉強しながら、アルバイトとして、グループで英会話を教えていました。その英会話のグループのパーティで、友だちに誘われてやってきたスマさんとジョエルさんが出会うんですね。

その後、須賀さんが自宅でひらいたパーティに、ふたりで連れ立っていくことになり、須賀さんとスマさんも知り合うことになります。その場面を「おすまさんのこと」というタイトルで須賀さんはエッセイに書いています（全集未収録。「つるとはな」創刊号に全文掲載）。ジョエルの恋人、としての関心もあったでしょうけれど、このエッセイを読むと、スマさんの人柄にたちまち惹かれていったこともまちがいなさそうです。

今回、この神奈川近代文学館の展覧会場で、コーン夫妻宛の手紙をいくつか実際にご覧になった方はお気づきかと思いますが、須賀さんの手紙のひとつの特徴は、便箋にびっしり書くことなんですね。もう最初の一行目から、横書きの場合なら便箋のいちばん上のぎりぎりから書き始める。しかも、何枚くらいで終らせようという漠然としたイメージもないままに、書いていたのではと思わせるところがあります。書きたいことが山ほどある、というか、書いていくうちにどんどんふくらんでいくだろう、と最初からそのつもりで書いていたのではないでしょうか。

PR誌「SPAZIO」で、「別の目のイタリア」を書く前に、没後『イタリアの詩人たち』として本にまとめられることになる連載もしています。その第一回で、ウンベルト・サバについて書いた後に、こんなことを手紙に書いています。

「Sabaというイタリア詩人の作品の訳と短いエッセーが、印刷になってとどいてきたのですが、サンタンたる出来で、非常に心がかなしくなっている今日。(それでもスマさんには、JCにも読んでもらいたいから送ります。これは、こういう文を書くのは、あまり経験がなかったので、私の言いたいことが少ししか言えていないという、私の年令としては絶望的な欠点を持っているのですが)」

友だちであると同時に、文章についての自己批評を投げかけることのできる相手でもあった、ということ。しかも、ひとまわりほど年下の友人夫妻に、こういう弱音をそのまま見せているところも興味深いところです。こんなことも書いています。

「Richard Meiyer とかいう建築家についてイタリアの評論家が書いたものを訳しました。」

このリチャード・マイヤーというのは、「とかいう」と須賀さんは書いていますけど、アメリカのモダニズムの建築家としては大変高名な建築家で、須賀さんは当然知っていたでしょう。お父様の仕事柄、また、妹さんの旦那さんは竹中工務店の役員をされた方でしたし、須賀さん自身の興味もあって、建築にはかなり詳しい。でも、相手に対しては、当然知ってるでしょうという書き方を絶対にしない、この「とかいう」というところにも、須賀さんらしさを感じます。この続きを読みます。

「これはいわゆる構造主義の理論をふまえて書いたものでバカげてむづかしく、何を訳しているのか自分にもよくわからなくて、こんなものをする気はないけれどたのまれたので仕方なくやってしまった。

ずいぶんあたりまえのことを言うのに難かしい言い方をする人がいるのだなァ、これはやっぱりデカダンスではないかと言う気がしました。古典の簡潔さを求めること、簡潔な文章を書くことの勇気を持ちつづけたいと思いました。」

これは、書き手としての宣言ともとれるものになっています。こんなことも書いています。

「9月から上智の授業は森鷗外をします。鷗外は尊敬するけれど、あまり私のしゅみではないようです。あまり倫理的なのでこまるのです。ほんとうはもう少しずっこけていないと私は叱られているようで楽しくない。けれど文章のすばらしさには敬服。しかし、あれは男書きなのである意味で私とはかんけーないです。だけど鷗外をやります。」

鷗外は須賀さんのお父様が、おそらくいちばん大事に思っていた小説家です。なかでも史伝の傑作『澀江抽斎』については、聖心女子大を卒業してまもない須賀さんに、「鷗外は史伝を読まなかったら、なんにもならない。外国語を勉強しているのはわかるが、それならなおさらのことだ。『澀江抽斎』ぐらいは読んどけ」と勧めていたんですね。

若いころの須賀さんは、『澀江抽斎』にいまひとつピンと来なかったようです。「鷗外にはまったく語りの才能が欠けていたのではないか」と感じたらしい。須賀さんの手紙の魅力のひとつは「語りの才能」からくるものですし、「語りの才能」はそもそも、須賀敦子の文学を考えるうえで避けて通れない部分でもありますから、そのような感想を抱いたのは無理もありません。

須賀さんは鷗外の文章について「男書き」と書いています。「男書き」とは、近代まで公用文などに使われていた候文、文語体から派生した、無駄のない機能的な文章を指しているのかもしれません。その反対にあるものは、脱線もするし、無駄もあるけれど、人のこころに直接ふれてくるような話し言葉、「口語体」的なもの、ということになるでしょう。このことはまた後で、あらためて触れることにします。

ところが須賀さんは、『澀江抽斎』をそれからも折あるごとに何度となく手にとって開いては、読み返していたんですね。自分の趣味ではなくても、ひとことで片づけて遠ざけられない何かを感じて、いつでも手に取ることができるそばにおいて、父親をそれほどまでに惹きつけたものはなんだったのか、と探りつづけていたのではないでしょうか。

つぎに、八四年の手紙を見てみましょう。

年譜的にいえば、五十五歳の誕生日を迎える前の手紙です。ナタリア・ギンズブルグの『ある家族の会話』の翻訳が終りに近づいて、八五年からはのちに『ミラノ 霧の風景』としてまとめられる「別の目のイタリア」の連載が始まる、そういう時期の手紙です。

封筒は厚みがあります。取りだすと、二つ折りのポストカードが入ってます。カードの表にはコミカルな三コマのイラストが印刷されている。一コマ目は海の水平線の上に太陽か月が浮かんでいる静かな画面。二コマ目はそれを狙って口をあけた魚がジャンプする瞬間。三コマ目で太陽か月が消えていて——つまり魚がひと口でいただいてしまったということですね——魚もジャポンと海に潜って姿を消してしまう、というもの。この絵柄を気に入って、手に入れようとする須賀さんの表情が思い浮かびます。このポストカードがはさんでいるのは、四つに折りたたんだ三枚の原稿用紙です。かなりの長文の手紙なんですね。ポストカードをひらくと、隙間なくびっしりと横書きの万年筆の青い文字が並んでいます。この冒頭がおもしろいんです。

「スマさん、Joel、今年は Joel の Christmas card がつかなかったので、ほんとうにがっかりして、つくらなかったのかナと少しがっかりしています。」

あなたたち、クリスマスカードを送ってくれなかったじゃないの、というふくれっ面の出だしです。こんなふうに書けるのは、もうおたがいがよっぽど親しいということの現れですね。つづいて、

「それとも、full speed で論文を書いているから、ひまがなかったのかナとも考えています。」

ジョエルさんが日本文学の研究者なので、論文に集中していた時期だったかもしれないと、ひとり相撲でもするように、フォローしています。

「その後どうしていますか。私は少しだけさびしいクリスマス・お正月をすごしました。それは自分勝手にさびしいsituationをつくり出したのですから、別になんということもないのですが、人間生きているかぎり、さびしかったり、おもしろかったり、いろいろです。」

このさびしさについての言及は、須賀さんがこれから書き継いでゆく何冊もの本を、もしも乱暴にまとめて言うことが許されるとしたら、こういうことだったかもしれない、と思わせるものがあります。あるいは須賀さんが訳されたことによって、たいへん有名になったサバの詩の一節、「人生ほど、生きる疲れを癒してくれるものは、ない」も、思いおこされます。須賀さんのスピード感のあるこのセリフには、親しい友人と話し込んでいるうちに、勢いにまかせて出てきたことばを、そのまま書きつけたような、飾らない早口のリズムがあるんですね。

同じポストカードの後のほうを読むと、この手紙の前に、ボストンに住んでいたコーン夫妻を訪ねて、須賀さんがアメリカを旅行していたとわかります。須賀さんはハワイを含めて四回アメリカを旅行していますが、すべてコーン夫妻を訪ねての旅でした。このアメリカ旅行が、強い印象を残したようです。こんな感想が書いてあります。

「Harvardを知り、アメリカを一寸知ったことは、本当に大きなショックでした。自分が故意に、しかも、かたくなにアメリカに背を向けて生きてきたことが、とても残念だったと思いましたが、やはり1955年にアメリカに行かなかった（父が反対して）ことは、私の運命のようなもので、それから長いヨーロッパの時代→日本を通って、今見ることができるようになったアメリカが、私の気に入ったということも大切なのだと考えました。それにしても、自分が受けた教育の中にあるアメリカの占める部分の大きさにも、今さらのようにおどろいています。」

　須賀さんはヨーロッパのイメージがあまりに強いのですが、聖心女子大学の修道女はアメリカからやって来た人も少なくなかったわけですし、敗戦後十年を過ぎて、フルブライト留学生が注目される時代でもありました。須賀さんの中にアメリカへの気持があって当然だったと思います。

　アメリカを旅して、アメリカに対する自分の中にある考えを再確認し、新たな発見もする。ジョエルさんの両親については「ああいう人たちは、ヨーロッパでは会ったことがないように思う」と書いています。そして、話題が変わって、『ある家族の会話』のナタリア・ギンズブルグの新作について、こう書いています。

「冬休みには Natalia Ginzburg という人の La famiglia Manzoni という本を読みました。」

のちに須賀さんが訳すことになる『マンゾーニ家の人々』です。

「Manzoni というのは19世紀のイタリアの〝大〟作家なのですが、その人のことについて、彼の家族と友人たちが書いた手紙を中心に、一見、実証的に組み立てた小説で、森鷗外の渋江抽斎などを思い出す、地味だけど、しっかりした作品でした。」

八四年が須賀さんの次のステップに踏みだす間際の年であったことを、私たちは今だから知っているわけですが、須賀さんの中にはおそらく、これまでとはちがうところへ向かおうと自分を駆り立てる気持があったのではないか。でもそれは、ステップを踏み出さなければ実現はできない。おおきな不安とセットになったものだったでしょう。このような一節からも、そんな心境がぼんやりと想像されます。

「冬休みに本を読んだりしていると、やっぱり私は学者などという大それたものにはなれないし、なろうとするにはもうおそすぎる（ちょうどアメリカで career を考えるのももうおそすぎるのと同じように）ということをひしひしと感じます。でも私の生涯というのはこのように気の多い、支離滅裂なことで終ってしまうのでしょう。一本の線のような人生を送るには、私は好奇心が強すぎるのだと思います。diletanteという言葉がつきささるように痛いのですけれど、なにかそれは、責任逃れのような生き方ではないのかとも思えて。」

大学で博士号を取り、大学の教員としてかなり忙しく充実した時期であったにもかかわらず、自分の生涯の仕事とは何か、という迷い、自問があったのではないでしょうか。それをひとりごとを呟くように書いている。「責任逃れ」というのは、大学の教員、研究者としての仕事を全うする責任、という意味はもちろんあったでしょうが、もうひとつ深いところでは、ひとつひとつの言葉をすべて自分で引き受けて書く仕事をする、その責任から自分は逃れてはいないか、という自問自答としても、解釈してみたい気がするのです。

なんでも言いあえる関係だからこそ、なかなか相談に乗りにくい難題を、「聞いてくれるだけでいいから」というような気持で書いていたのかもしれません。

また、時計の針を逆に戻します。やりとりが始まって二年後の手紙です。

「ああそれから、去年の秋に友人の11才の娘からメダカを3匹もらったのですが、その中の一匹がタマゴをうんで、そのタマゴが一昨日くらいにかえって、今、一つの（ちょうど去年Sumaにもらった白い花を活けたデンマーク製のカットグラスの）花ビンには、針の先のような、身長二ミリくらいのコメダカたちが、チチッチチッと泳いでいます。昨日の日曜はそればかり、床に四つん這いになってみつめていたら（七匹ぐらい?・）、夜ベッドに入って眼をつぶったら、くらい中にまだ硬い光のようなコメダカの線が、ツゥーッツゥーッと見えました。われながらあきれた。

もう私の恋は終りました。その人をみてもなんでもなくなってしまった。これでイチ上り。一寸淋しいきもちだけど、しずかで明るいかんじも戻ってきました。今はふうふう言って本読んだりしています。」

このメダカを見ている須賀さんの光景、メダカの描写がほんとうにすばらしいですね。須賀さんの目が自分の目になって、メダカを見ているような気持になります。

手紙を読んでいると、はしばしで須賀さんが生きもの好きだったことがわかります。それはたぶん小さいころからの習慣のようなものだったのではないでしょうか。須賀さんと妹の良子さんが小学校にあがるころはまだ、芦屋のあたりにも自然がたっぷりと残っていて、泥んこになって遊んでいたらしい。目と鼻の先で虫や花を見て、土手をはいあがり、木によじ登っていたようです。スマさんも北海道の酪農家の娘ですから、広い空の下、土の匂いのなかで育っている。生きもの好き同士というのは、すぐにわかるものです。

手紙の中にこっそり花の種を入れて送ってもらい、それを鉢に植えて水をやって育てたりしていたことが、手紙でわかります。コーン夫妻は長らく猫を飼っていましたから、須賀さんはなにかにつけて猫の様子を訊ねていますし、選んだポストカードは、かなりの確率で猫がモチーフになっています。コーン夫妻に喜んでもらおうという気持があったのでしょう。

ひとりでメダカを見ていた日曜日のことを書いて、なんの前ぶれもなく突然「私の恋は終りました」と書いています。この一行を読んで、おろかなことにはじめて気づいたのは、須賀さんはほとんど著作のなかで、帰国後の暮らしぶりや感情を書いていないということです。最初の本を出したときにはすでに六十歳を過ぎていましたし、書いていらっしゃったのは過去の日々の回想で、恋愛のような現在形の出来事は遠くに見送ったあとのように見えていたのではないかと思います。しかし考えてみれば、日本に帰ってきたときはまだ四十代になったばかりです。エマウス運動に取り組んでいたころの眼鏡をかけた須賀さんの写真を見ると、せいぜい三十代前半くらいにしか見えない。あれだけ魅力的な人でしたから、ふっとそのような事態になったとしても、それは自然なことだったでしょう。ないほうがおかしい、と言いたいくらいです。そもそも、恋愛に適齢期などというものがあるのかどうか。

手紙の撮影を終えてから、三日目にコーン夫妻にお話をうかがったときに、「どんなお相手だったか、ご存じですか」と厚かましく訊ねました。すぐさま「まったく知らないいんですよ」というお答えが笑顔とともに返ってきました。もちろん、ご存じであっても「知らない」と答えることはあるかもしれません。でも、たぶんそうではないと思います。スマさんは知り合ってまもないころの須賀さんを「孤児じゃないかと思った」とおっしゃいました。親しくなっても、自分のことはほとんど何も言わない。両親のことやペッピーノのことも、ほとんど口にしなかったらしい。もちろんそれからの長いつきあいの中で、少しずつわかっていくわけです。両親はもちろん、ペッピーノが亡くなったのもまだ数年前というときでしたから、うまく語れないことだったのかもしれません。いずれにしても、こういうところにもすでに、快活に会話をたのしみながらも、余計なことを口にしない、もうひとつの横顔を見るような気がします。それは文学者としての須賀敦子の横顔、としか言えないものです。

須賀敦子の本は何度読み返しても、そのたびにこころを動かされます。再読に耐える作品というのは、作品の魅力を語る入口がいくつもあるものです。そしてなにより、文章を読むことじたいによろこびがなければ、あらためて読みなおす気持にはなりません。

五十五通の手紙を読み通したとき、これらの手紙は、須賀さんの文章の独特な魅力の根源にあるものを、明らかにするヒントを与えてくれていると思いました。

それは、須賀さんのからだやこころに染みついた「話し言葉」的なもの、文章のなかに息づく「語り」のリズム、そうとしか言えないものです。

突然、大風呂敷を広げるようですが、今、地球上にどれくらいの言語の種類があるかというと、諸説あるようですが、ざっと数千はあると言われています。このうちで書き言葉、つまり文字を持つ言語がどれぐらいあるかというと、これが言語の分類をどこで線引きするかによって、つまり近い親戚はひとつにしてカウントするのかでだいぶ数が変わってしまうのですが、一説では百にとどかない数でしかない、とも言われています。

ことばを話す、ということを人類がいつ始めたのか――これもまた、誰かが出かけて行って確かめたわけではないのですが――十万年くらい昔だろう、と言われています。しかし、書き文字が誕生したのは、せいぜい紀元前三千年くらいだそうです。

人類の長い歴史から見れば、書き言葉の歴史は非常に浅い。日本語も、ご承知のように、漢字というものを輸入して、長い時間をかけて洗練させて平仮名をつくり、漢字は漢字でうまく使いながら組み合わせて、日本語の書字大系ができあがっていった。

話し言葉を、どのようにして書き言葉に洗練させてゆくか。書物の歴史は、言い換えればその試行錯誤の歴史でもあります。たとえば新約聖書も、弟子たちが目にしたイエスの行い、耳にしたイエスの言葉を、書き言葉にして残そうとしたものを中心に編まれた書物です。文字になっている神話も、もともとは口承で後世に引き継がれていったものを、書き言葉として定着させようとして残されていったわけです。ヨーロッパでは、エッセイも小説も、十五世紀に活版印刷が発明されて、誰もが本を読むことが可能になった時代から、二百年、三百年の時間をかけて、現在このようにしてあるジャンルとして成熟してゆきました。書き言葉として洗練されてゆく過程は、話し言葉からじょじょに離れてゆくこともふくまれていますが、同時に、話し言葉にある、人を惹きつける力を損なわず、受け継ぐにはどうすればいいか、という思い、工夫もふくまれていたでしょう。

須賀さんは、少女時代から、母親に「本に読まれている」、と叱られるくらいの本の虫でした。古今東西の書物に記されたみごとな書き言葉による名作が、長きにわたって須賀さんの中に蓄積されていくことになります。子どものころから、「ものを書く」ことに、人一倍関心を持ったのも、自然のなりゆきでした。たいへんな読書家であるお父さんからの影響も大きかった。須賀さんの中には、洗練された、さまざまな書き言葉のストックがひたひたと満ちていったはずです。そのような書き言葉の海の中で、さきほども引用したように、「あたりまえのことを言うのに難しい言い方をする」ことへの異和感、「古典の簡潔さを求めること、簡潔な文章を書くことの勇気を持ちつづけたい」という、はっきりとした志向をもっていたところに、須賀さんが書き言葉を話し言葉から過剰に引き離し、アクロバティックに弄ぶことをよしとはしなかった。このことも考えておいていいことだと思います。

書き言葉に対する、このような軸足の置きかたがどこからやってきたのか。それは、須賀さんを取り囲んでいた、豊かな「話し言葉」であったにちがいないと思っています。

葬儀で耳にして、その話しかたのトーンがあまりにも須賀さんに似ていらした北村良子さんとは、今回の手紙の掲載についてのご相談の折にも、「芸術新潮」や「考える人」の特集の折にも、さまざまなお話をうかがっています。

そこで感じるのは、たいへん上品な語り口であるのに、本当に感じられていること、考えておられることが、まちがいなく伝わってくる、ということです。ユーモアがあり、批評性もある。むきだしにせず、包装紙に包んで、その包装紙の柄で伝えるときもある。誤解のないように申し上げますが、それは慇懃無礼というものとは、まったくちがいます。伝えかたにさまざまなバリエーションがあって、そのバリエーションをみごとに使いこなされているんですね。つまりは、ソフィスティケートされている、ということでしょう。そして、おもしろいのです。膝を乗り出したくなる話し言葉の連なりに引きこまれてしまう。

それはおそらく、須賀家が培ってきた文化のようなものでもあったでしょう。同時に、ここから先は少し未整理なままでお話してしまいますが、私はやはり、関西という風土に根ざした話し言葉のコミュニケーションの洗練が、その土壌になっているのではないか、と思うのです。私は東京生まれ、東京育ちなので、東京の話し言葉の無愛想さ、おもしろみのなさに、かなり自覚的です。自分の言いたいことを、あまり工夫もなく、手短に、ややせっかちに言ってしまう。理解されないとしたら、それはもうしかたない、と諦めるのも早い。コミュニケーションに、ねばりがないんですね。

日本橋生まれの谷崎潤一郎が、関東大震災を契機にして、関西に拠点を移し、関西圏を気に入っていったのは、失われた古き良き東京の面影をそこに見たからだ、とされることも多いのですが、そしてそれを否定するつもりもないのですが、それよりも、のちに夫人となる松子さん、その姉妹、一族の話し言葉のコミュニケーションにひきこまれた、という可能性も高いのではないでしょうか。長篇小説としては谷崎の最高傑作である『細雪』は、松子夫人とその一族をモデルにしていますが、谷崎が長篇のモチーフに選んだのは、ひょっとするときわめて単純な動機だった、つまり彼女たちの会話を耳にするうちに、このおもしろさを小説にして書いて残しておきたい、というものだったのではないか。そして、谷崎が拠点を関西に置きつづけた理由もまた、関西のことばのコミュニケーションにつよく惹かれるものがあったからではないか、と考えてみたいのです。

そのような意味において『細雪』は、谷崎にとっての『ある家族の会話』だったのではないか。ほかの谷崎の作品のなかにおいても、『細雪』はやはり異例なものと言わざるを得ません。その根底に、松子夫人とその一族の、話し言葉やふるまいへの強い関心があり、つまり、この作品の場合には、作品の書かれる動機が谷崎の内部ではなく、外部にあったのだということ。動機、モチーフが、めずらしく外にひらかれた作品なんですね。

須賀さんが、話し言葉のゆたかな文化の中で育って、いっぽうで書物が与えてくれた書き言葉のゆたかな海に全身をひたすようにして生きてきて、夫や、両親を失ったあと、ナタリア・ギンズブルグの『ある家族の会話』に出会ったとき、この作品は自分のためにあるものだ、と思うほどの出会いだったと想像するのは、さほどむずかしいことではない。魅力的な話し言葉が、このように書き言葉で作品化できるということを、須賀さんはあの作品で発見した。こういうふうに書くのであれば、自分にもできるのではないか。そのような判断は、きわめて正確だった。その後にすばらしい本が書かれていったことを思うと、その須賀さんの判断を、こころから祝福したい気持になります。

先ほど申し上げたように、ギンズブルグはその後で『マンゾーニ家の人々』という評伝的な作品を書きます。その骨格にあるのは一族が書いた書簡であり、書簡によって物語が再構築される手法で書かれている、とお話しました。書簡の魅力というのは、物語を伝える、ということとの根幹にふれるものがあるのです。書簡体小説、というジャンルがあるほど、小説と書簡の親和性は高いものです。親しい誰かに、自分の見てきたこと、聞いたこと、感じていることを伝えたい。そのシンプルな動機が文学の根幹にあるとすれば、書簡と文学は、兄弟のような間柄ではないか、と私は思います。

今日のこの話の骨子をまとめて、まだまとめきれていない、言い足りないところだらけだ、と思っているときに、今回の展覧会のカタログを読んでいましたら、松山巖さんがこう書いていることにつきあたりました。「手紙を綴り、語りかける人」と題されたエッセイです。

「須賀さんのことを何かの拍子に思い出し、一旦思い出すと思い出は様々に連鎖してゆく。だがやがて、ひとり静かに手紙を綴る彼女の姿が、ふっと浮かんでくる。

実際、若き日の彼女はフランス留学中から日本に暮らす父母に数多くの手紙を送った。結婚する以前から愛するペッピーノへ胸を弾ませて手紙を書いた。そして晩年、作家となった後も、親しい友人や編集者に日本語イタリア語ばかりか、ときに英語フランス語で手紙を出した。私にも最晩年、病を得て入院した彼女からの心のこもった幾通かの手紙が届いた。私はしかし、それだけではなく、手紙を静かに綴る彼女の姿を思い浮かべるとき、彼女の作品そのものが読者へ宛てた手紙ではなかったのかと考えてしまう。」

これ以上、付け加えることはもう何もないような気がしてきました。

ご静聴ありがとうございました。

須賀敦子が見ていたもの

湯川 豊＋松家仁之

湯川　去年の秋、神奈川近代文学館主催で「須賀敦子の世界展」（二〇一四年十月四日～十一月二十四日）という展覧会が開催され、ぼくも編集委員として企画に参加しました。どういう展覧会にするかという構想を文学館の人と一緒に立てるときに、最初はどれくらいの材料が集まるか心配したのですが、結果的には、半分ぐらいはこれまでに発表されていない、まったく新しい写真や資料が集まり、予期以上のいい展示ができました。

　ぼく自身、この展覧会を何回も見ているうちに、それまで予想もしなかったようなある印象を強く抱くことになったのですが、まずはその辺を話の入口にしたいと思います。

　その印象には幾つかあるのですが、いちばん大きいのは、少女時代から最晩年まで、須賀敦子の生活者としての表情がすごく興味深く迫ってきたことです。たとえば、少女時代に妹の良子さんと銀座を歩いている写真というのがある。

松家　ありました。お母さんも一緒に、三人が並んでいる写真ですね。

湯川　その写真には、須賀敦子という人が、まぎれもなく戦前日本のブルジョワジー家庭の一員であるということが、鮮やかに刻印されている。そうした印象が幾つか重なって、生活者としての須賀さんの表情や、その変遷がすごくおもしろく心に迫ってきたんですよ。

松家　そうした「生活者・須賀敦子」という視点は、なぜ須賀さんがいまなおこれだけ根強い人気があるのかということを考えたときに、欠かせないポイントの一つだろうと思います。もちろん、そういう背景抜きに、書かれたものこそが須賀敦子のすべてだという考え方もあっていいと思いますが、須賀さんの読者には、書かれた文章の向こう側の世界、須賀さんが感じたであろう空気や暮らしのスタイルみたいなものを丸ごと味わいたいという気持があって、須賀さんご自身の生き方にも、それを満たすものが十分過ぎるほどあったんじゃないかという気がします。

ぼくもその展覧会には何度も足を運びましたが、展示されている手紙や写真を、あたかも自分の親戚の人のものでもあるかのように熱心に眺めている女性たちがたくさんいた。その表情には、極めて親密で、独特の温かな気配が浮かんでいて、とても珍しい展覧会の光景だと思いました。

湯川　後で聞いたら、神奈川近代文学館の展覧会の中でも、圧倒的といえるぐらいの入場者数の多さだったそうです。それはきっと、いま松家さんがおっしゃったような〝親戚の人たち〟が、たくさん来ていたからだと思います。

須賀さんがいま生きていれば八十代半ばですから。たとえば、六十代ぐらいの人にとっては年は離れているけど、いわばお姉さんみたいな親近感があるのだと思います。でも、ぼくなどが見ていた感じでは、その世代よりももっと下の人たちも、須賀さんに対して非常に親密感を抱いているように思えた。そういうことを考えると、一九四五年の敗戦以後、日本にも市民社会というのが曲がりなりにもできて、その中で暮らしたり、本を読んだりする女性たちが、確固たる存在として出てきている。そういう女性たちが須賀敦子という人に強い共感を覚えているのではないか、そういう印象を持ちました。

松家　それと同時に、須賀さんのお父さんは、最先端の温水暖房や水洗トイレの施工会社として知られた須賀商会の二代目社長でありながら、極めて文学好きでもあった。あの父親を抜きにして、須賀敦子という人のその後の道筋は考えられないし、彼女のある程度の部分は父親という存在がつくったのだということを、改めて強く感じました。

湯川　お父さんの影響については、後ほど改めて触れようと思いますが、いまのご指摘からの連想として、まずは須賀さんが少女時代からどういう本とのつき合い方をしてきたかを見ていきたいと思います。

須賀さんの読書遍歴は、『遠い朝の本たち』という本に詳しい。そこには、少女時代から妹と一緒に野山を駆け回って遊んでいた女の子が、その遊びの延長の中に本の世界というものを強く取り込んでいく様子が書かれている。さっき生活者という少し抽象的な言い方をしましたが、須賀さんの場合には、現実に生きている感覚と本の世界に生きている感覚とが、普通には考えられないくらい密接に関係していたことが、この本を読むとよくわかる。

もしかすると、そうした現実世界と本の世界との一体感こそが、須賀敦子の根源を支えている力なのではないかと、『遠い朝の本たち』を読み返してみて、つくづく思いました。

松家　ぼくも、『遠い朝の本たち』は、書き手の根っこの部分に触れた重要な本だと思います。とくに印象的だったのは、最初のほうに出てくるバーネットの『小公子』の話です。戦争の終る前年の春、女学校の四年生になる須賀さんは、東京から西宮のお祖母さんの家に疎開して、そこで東京で通っていたのと同じ系列のミッションスクールに編入する。しかし、間もなく授業はなくなり、勤労動員で工場に行って、飛行機の翼の部分に使うジュラルミン板を折り曲げる作業につく。その仕事がそれなりに愉しいというようなことも書いていいます。そして、その作業が一段落した休み時間に、誰もいない物置部屋に忍び込んで、高い窓から射す光を頼りにお父さんの本棚から持ち出した本を読む。その中に若松賤《しず》子《こ》訳の『小公子』があって、その翻訳の独特の口調がおもしろくて、自分はこのときに「漠然と、文体の特徴というようなことを考えていたのかもしれない」と書いている。

これは、須賀さんが、この世の中に物語を伝える文体というものがあるんだということを少女時代に認識していたことがはっきりわかる場面で、非常に印象的でした。

そのほか、友だちの英文科を卒業したお姉さんが、須賀さんが愛読していたクーリッジの『ケティー物語』が誤訳だらけだといっていたという話を聞いて、いつか自分も英語で本を読める人になりたいと思ったということも書いている。ほんとうに早熟ですね。

サン＝テグジュペリの『星の王子さま』の不時着した飛行士の話、別の章では女性飛行士であったアン・モロー・リンドバーグの不時着の話が出てきます。この二つの不時着が、少女だった須賀敦子に何かの痕跡を残していたことも興味深い。それこそ須賀さん自身も、のちに海外に不時着するようにして人生を歩んだ人だったわけですから。ある意味で、彼らと同じではないかと思ったのです。

湯川　須賀敦子という人には、本の中でしか摑まえることのできない作家、書く人としての表情のほかに、もう一つ、運動家の表情がある。たとえば、エマウスの仲間たちと一緒に写っている写真が展覧会にありましたが、あの須賀さんの顔は——実際には四十代でしたが——まるで二十代みたいな若々しい表情をしている。あれは運動家の表情だと思います。

松家　ほんとうにそうですね。

湯川　須賀さんは普通の生活者であると同時に、コルシア書店で長いことカトリック左派の運動に携わってもいて、そこで体験したことがのちのち「書く人」につながっているというのがわかるようなコーナーも展覧会にはあって、ぼくは、そこで足をとめてつくづく見入っていたんです。

松家　さきほどの『遠い朝の本たち』の『星の王子さま』の話の続きに、須賀さんが大学を卒業した年の夏、将来の方向を決めあぐねて体調を崩し、信州に出かけたときのことが書かれています。そのときに持っていたサン＝テグジュペリの『戦う操縦士』の中の「人間は絆の塊りだ。人間には絆ばかりが重要なのだ」という文章に青鉛筆のかぎ括弧がつけられている。その後に須賀さん自身がこう書いているんですね。「あの夏、私は生まれてはじめて、血がつながっているからでない、友人という人種に属するひとたちの絆にかこまれて、あたらしい生き方にむかって出発したように思う」と。

聖心女子大を卒業して、これから慶應の大学院で社会学を勉強しようというあたりの須賀さんは、それまで生きてきた家族という場所から、もう一歩どこか違うところへ出ていこうとしていた。でもそれは、一人で出ていくのではなく、友だち、あるいは同志といえるような仲間が自分の周りにはいて、家族という共同体とは別の共同体があり得るんだということを意識しながら動き始めている。

湯川　家族とは別の同志、仲間、共同体みたいなものがあり得るんだという感覚も、須賀さんは本から学んだのだと思います。そういうことすらも本の中からくみ取ることができる、それは並みではない能力ですね。

つまり、須賀敦子における本の世界は、現実の生活と正確な接点を持つぐらいに深いものだった。本が本としてだけあるのではなく、生活が生活としてだけあるのではなく、すべてが感覚の中で本と一体化していたというのが、大学生、大学院生のあたりの須賀さんだった。その意味では、そのころすでに、後年コルシア書店に入っていくことが既定の事実みたいに……。

松家　すでに準備ができていた。

時代的な背景としても、世界ではカトリック左派の動きが新たな思潮として注目されていて、須賀さんは、そうした動きも注意深く視野に入れていた。同時に日本の状況についても、破壊活動防止法案に反対する活動に加わることで社会変革の動きの一角に、自分も踏みいっていこうという意志があったのではないですか。

湯川　あの時代は極めて政治的な時代でしたから、その時代に青春を送った人たちは、マルクシズムを中心とするイデオロギーに否応なく精神を向けざるを得なかった部分があったことは確かです。そうした中で、慶應の社会学の大学院に進んだあたりの須賀さんは、ヨーロッパの思想的な動きを展望していて、カトリック左派のピエール神父の言動などについても十分に理解していた。

当時の学生や知識人たちのほとんどが、翻訳されたマルクシズムを主にソ連という国を通じて摂取していたのに対し、須賀さんは原書を通じてカトリック左派の思想などをダイレクトに受容していた。日本でそうしたことを実践していた人は非常に少なかった。あの若さでそれができたところに、秀才としての須賀さんの顔があるんだと、思い返しました。

松家　そうした、いわゆる共同体的なものに強く惹かれて、他者と一緒に何かを目指していくという気持がある一方で、文章を読んだり書いたりするときには、一人で歩いていくしかないんだという気持も強くある。あの時代にその両方を持ち合わせていたのが、須賀さんの独特な複雑さだと思います。

たとえば、先ほどのアン・リンドバーグの文章に触れながら、こう書いているんですね。「文章のもつすべての次元を、ほとんど肉体の一部としてからだのなかにそのまま取り入れてしまうということと、文章が提示する意味を知的に理解することは、たぶんおなじではないのだ。幼いときの読書が私には、ものを食べるのと似ているように思えることがある」。文学的な言語というものは本質的に孤独なもので、誰にもわかりやすく共同体を求めてゆく政治的な言語とはまったく異なるものだ、ということを身体的に知っていた人だったと思います。

その後、ふたたびアン・リンドバーグの『海からの贈物』から文章を引いています。「或る種の力は、我々が一人でいる時だけにしか湧いてこないものであって、芸術家は創造するために、文筆家は考えを練るために、音楽家は作曲するために、そして聖者は祈るために一人にならなければならない」と。つまり、須賀さんは文章を書く＝一人であることをすでにわかっていて、徒党を組まない意思を、この時点ではっきりと持っている。

湯川　いまのご指摘は非常に重要なことで、実は、最晩年にもう一度その形があらわれるわけです。須賀敦子にあっては、カトリック左派の運動を通じて、宗教（カトリック教会）には社会を改革していく力があるはずだという認識のほうに行くんですね。そして本と関わる個人としては、文学というか、文体・文章の発見のほうへ行くという道筋をとっていくわけですが、その最初のあらわれが、いま松家さんが指摘されたところで、あっ、なるほどと思いました。そういう二つの世界を須賀敦子がかなり早い時期から持っていたということは、今後もう少し意を尽くして論じなければいけないことだと思います。

松家　須賀さんの複雑さということでいえば、これだけ多くの本を読んできて、書くことや文章に関して極めて強い意識があった人なのにもかかわらず、そう簡単に書こうとはしなかった。これはどういうことなのか。

　自分の名前で文章を書くのは、五十代の半ばを過ぎてからようやく始めるくらい、大変な逡巡を続けるわけです。エマウス運動などにはすっと入っていくのに、こと書くということに関しては、何か遠巻きにしていたところがありますね。これはぼくの仮説ですが、須賀さんが最後に小説を構想していたというのも、ずっと遠巻きにしていた小説だけれど、もうそこに入っていくしかない、と自分で退路を断つようにして向かっていったのではないか。

湯川　その遠巻きのしかたについては、『須賀敦子を読む』という本でも論じたつもりです。

つまり、カトリックの運動でも、コルシア書店のさまざまな事業に参加することにおいても、須賀さんにとっては文章を書くことよりもストレートにできたのだと思います。しかし、文章を書くことについては、なにしろ二十歳ぐらいの若さで文章を自分の血肉化しなくてはいけないなんてことを考えている人ですから、そう簡単に書けないのは当たり前です。文章が血肉化するということがどういうことなのかは、若いうちにはわからない、ある程度年齢を重ねてはじめてわかることですよね。年齢を重ねるというのは、読書体験をさらに重ねるということでもある。それがわかったときに、ようやく須賀さんは書き出せたのだろうと思います。

そう考えると、須賀さんにとっての文学の位置づけ、あるいは文章を書くことの唯一無二性というものが、いかに高いところにあったのかと、改めて思いますね。

松家　それについては、やはり父親の影響を抜きには語れませんね。たとえば、島崎藤村の『幼きものに』を父親からもらったとき添えられていた手紙には、「これは大変な文章だよ」と書かれていた。シンプルな感想ですけれど、これは生なかの本好きではいえない言葉です。それから、年譜をたどってみると、須賀さんが家族という共同体から離れていこうとする時期と、父親から「鷗外は史伝を読まなかったら、なんにもならない。外国語を勉強しているのはわかるが、それならなおさらのことだ。『澀江抽斎』ぐらいは読んどけ」といわれるときがほぼ重なっている。この父親の言葉に、須賀さんは最初はどうも反発したみたいで、「鷗外にはまったく語りの才能が欠けていたのではないか」と思ったと書いている。それでもそのままうっちゃっておかずに、なぜ父が読めといったのかをずっと考え続けて、折々に『澀江抽斎』を読み直していく。書くということに対する畏れのようなものの要因のひとつとして、父親の存在もあったかと思います。

湯川　『遠い朝の本たち』の中に、「鷗外は、彼の国語であり、ときには、人生観そのものといってよかった」という一節がありますね。こんなことを思っている父親がどこにいますか（笑）。

専門の文学者ではありませんが、この豊治郎という父親は、若いころ、高度な文学青年だったのでしょうね。ですから、『澀江抽斎』を読めとか、『即興詩人』を読めという父親の一言、二言は、須賀さんにとってものすごい啓示であると同時にものすごい負担でもあって、それとの確執、格闘が長い間続いたということも、はっきり書いている。ほんとうにそのとおりだと思うし、それが五十代になってようやく文章が血肉化したと思うに至る須賀敦子を育てたのだともいえるのでしょうね。

優秀な娘は往々にして父親コンプレックスがあるものですが、須賀さんと豊治郎の結びつき方は、そういうものを超えた、非常に特殊なものです。単なる影響などというものではなく、父親の文学の理解力とか志、文学から世界を見るという姿勢、それらがすべて娘の中に入り込んでいる。

ちなみにいうと、豊治郎は、自分用の原稿用紙をたくさん作らせて、持っていたということです、やはり書くことを考えていた人だったんです。

次に『時のかけらたち』に話を移したいと思います。この本はとても重要で、須賀敦子の文体論、文章論が一番よく出ている。加えて、具体的なヨーロッパ体験が、須賀敦子の思想と結びついて語られてもいて、その意味でも重要な本だと思います。

たとえば、「図書館の記憶」という文章があります。これは須賀さんが久しぶりにパリへ行って、留学時代によく通っていた図書館を発見し、その図書館を見ているうちに、二十年ほど後によく通っていたフィレンツェの国立図書館のことを思い出す。

「サン・テチエンヌ教会の坂道を降りながら、私は、ふたつの国の言語をまもりつづける、それぞれの国の図書館が、自分のなかで、どうにかひとつのつながりとして、芽をふくまでの、私にはひどく長いと思えた時間の流れについて考えていた。枠をおろそかにして、細部だけに凝りかたまっていたパリの日々、まず枠を、ゆったりと組み立てることを教わったイタリアの日々。さらに、こういった、なにやらごわごわする荷物を腕いっぱいにかかえて、日本に帰ったころのこと。二十五年がすぎて、枠と細部を、貴重な絵具のようにすこしずつ溶かしては、まぜることをおぼえたいま、私は、ようやく自分なりの坂道の降り方を覚えたのかもしれなかった。」

これは文章論であり、自分の文体論でもあるし、書いているものの解説でもある。『時のかけらたち』には、こういう文章が随所に出てきますが、こうした語り方はほかのエッセイではしていない。ある意味では、これは須賀敦子がもっともストレートにエッセイとして語った、つまり、小説的な描写を駆使する必要がないから、エッセイとしてこれだけストレートに書けた、非常に重要な一冊だと思います。

松家　いまの箇所はぼくも非常に惹かれたところです。「枠と細部」という言い方で、フランスでの経験とイタリアでの経験の違いを書いているのですが、なぜそれをこの時点でいわなければならなかったのか。

つまり、この『時のかけらたち』を書いているときにはすでに、次の自分の仕事は小説なんだという、まだ誰にもいわないけれども明確に意識しているミッションのようなものがあり、そのためにもう一度ヨーロッパと向き合って、小説のための文体を獲得しなければいけない、という思いがあったのではないか。

それまで遠巻きにしていた小説に近づきつつあった須賀さんの切迫した思いが、『時のかけらたち』という本の背景に見える気がするのです。

湯川　この時期の須賀さんが、遠巻きにしていた小説に近づいていくのは、たしかにその通りなのですが、そこで押さえておかなければいけないのは、須賀さんは決して小説信者ではないということです。それは、話していてもすぐにわかる。なにせ、最高の文学はダンテの叙事詩であるという人ですから、須賀さんにとって近代小説は錦の御旗ではなかった。

そうすると、自分のエッセイの中に小説を大胆に取り込み――それはナタリア・ギンズブルグの『ある家族の会話』を読んで以来の取り込み方だと思いますが――、それによって小説の描写力、場面場面の喚起力を駆使してみようと覚悟をしたのが、おそらく『コルシア書店の仲間たち』からで、『トリエステの坂道』を経て、『ユルスナールの靴』である頂点に立つ。そこではじめて、エッセイという枠を外して自由に小説の構想なり構造をつくらないと、表現できないものがあるんだということを発見した。だからこそ、死の直前に松山（巖）さんに語った「書くべき仕事が見つかった。いままでの仕事はゴミみたいなもんだから」という言葉になったのだろうと思います。

つまり、須賀敦子という人は、小説が大事だと思ってそこに至ったのではなくて、自分が書く散文というものの中に小説のさまざまな要素を入れ込んでいって、最後に小説という形式の自由さを発見したのではないか。そんなふうに思ったんですけどね。

松家　湯川さんのいまおっしゃったことにほぼ賛成なのですが、細かくいうと、『ユルスナールの靴』はそれまでの本と何か気配が違う感じがする。たしか、「文藝」で連載を始めるときに誰を扱うかについて何人か候補がいて、最終的にジョルジュ・サンドとマルグリット・ユルスナールに絞られ、どちらがいいかと松山さんに相談したところ、松山さんがユルスナールが良いのではと答えた。そしてユルスナールに決まったようなんですね。信頼する松山さんに相談したい気持はとてもよくわかります。でも、ユルスナールじゃなくても本当によかったんですか、と須賀さんに問いたい気持がある（笑）。

というのは、その後のなりゆきを考えても、ユルスナール以外にはあり得なかっただろうという意味合いの本になっているからです。ここで描かれるユルスナールは、『時のかけらたち』に出てくる古いヨーロッパを、ある種血肉化している存在であると同時に、現代における宗教の問題にも深く迫る要素がある。どうやってもユルスナールという存在をほかの対象とは置きかえられない。

そう考えると、須賀さんはかなり早くからユルスナールを題材に書かなければ次にいけない、と思っていたのではないか。

湯川　それはどうですかね。ユルスナールを書くというのは、ヨーロッパ精神における宗教的な意味合いとモダニズム文学という意味合いの双方から、須賀さんは惹かれていたのではないでしょうか。それに、ユルスナールは非常に先鋭な文章意識を持っていて、とくに『東方綺譚』などは実に見事なものですね。その作家のことを書いていくうちに、やっぱり自分も小説だなって思うようになってきたのではないか。ぼくは、『トリエステの坂道』を本にするぐらいまでは、どうしても小説を書かなくてはいけないとは思っていなかったような気がする。

松家　『トリエステの坂道』が出るのが一九九五年ですが、重要な節目になったと思うのが、同じ年の暮れに書かれた「古いハスのタネ」という文章です。これは九五年の地下鉄サリン事件の後に、「新潮」が文芸誌として宗教を特集しようということに応えて書かれたものです。しかし、このときの須賀さんは、依頼の趣旨を突き抜けるほどの気合いで、書き手としては遠巻きにしていた宗教について、何か追い詰められたような感じで書いている。おそらくは長年自分が宿題として持ち越してきた宗教の問題を、地下鉄サリン事件によって無理やり揺り起こされたのだと思います。そしてまた、その当時蔓延していた宗教に対するアレルギーへの義憤に駆られたような思いがあって、あのような、切迫した文章になったのではないか。

地下鉄サリン事件のあと、須賀さんはホロコーストをめぐるさまざまな立場の人たちをインタビューした九時間以上におよぶドキュメンタリー映画『ショア』（クロード・ランズマン監督、一九八五年、日本公開は一九九五年）を見ています。九五年を起点に、そうした偶発的なさまざまな出来事が巨大な渦潮となって、須賀さんはそこに飲み込まれていった、あるいは飛び込もうと決意した——それが小説執筆に向かう大きな契機になった、と思うんです。

湯川　もう一つあるのは、先ほどいったように、そのころに須賀さんはふたたび文体・文章という筋道で、つまり物書きとしての孤独に出会っていることです。ぼくが最初に須賀さんにお会いしたのは九〇年か九一年で、その後三、四年、いろんな方々に紹介して――もちろん、ぼくだけではありませんが――、須賀さんの世界がずっと広くなっていく。作家づき合いもできたし、松山さんみたいな親友もできたし、親しい編集者もたくさんできた。

しかし、『ユルスナールの靴』を書いた後は、物書きとしてこれから何を書いていくかという、人に相談することができない場所に立たされたのだと思います。もちろん、ぼくが病院に見舞いに行けば、「湯川さん、何としても書きたいことがあるんだけれど、どうやって書いたらいいかしら」といってくれたりしましたが、あの最後のころの須賀さんにとっては、小説を書く最後の動機というのは、自分の孤独と向き合うことじゃないかなと、そのときつくづく思いました。

松家　孤独と向き合う文章としか言いようがないのは、やはり「古いハスのタネ」です。これから小説を書くということに向かっていく自分に、まるで焚きつけるように、思いつくまま断片的に書いたような文章で、それまでの須賀敦子的な文章とは明らかに隔たりがある。

湯川　ああいう情感をたたえ、読者を意識しないつぶやきで書かれた文章は唯一ですよ。
松家　しかし、これはなかなか読み解くのが難しい文章ですね。全集の堀江敏幸さんの解説や松山さんの解説を補助線にすると、「古いハスのタネ」をおおう霧がだいぶ晴れてくるのですが、しばらくしてもう一度「古いハスのタネ」のテキストに戻ると、またわからなくなってしまう。
　詩の起源から始まって、共同体の祈りと文学の関係を考え、ダンテの『神曲』をとりあげながら、宗教と文学の問題を考察していくのですが、最後のほうでいきなり吉行淳之介の短篇『樹々は緑か』が出てくる。そして、「もしも、いま、宗教といってよいものがあるとすれば、この小説に似ているのではないだろうか」と書いているわけですが、何度読み直し、考え直しても、自分の理解がおよんでいないのではと感じる、謎の多い文章です。
湯川　『樹々は緑か』というのは、要するに、定時制高校の教師である主人公が、陸橋の上に立って、街へ降りて行こうかどうしようかと逡巡している。そこにいちばんの感動の核心があるわけですが、この街へ降りて行こうかどうしようかという逡巡が、きっと須賀さんにとっての宗教心なのだろうと思います。
　ここでも、やはり遠巻きにしている。この辺はいかにもカトリックで、ストレートに神様と自分は結ばれているという、プロテスタントの信仰はあの人にはない。むしろ、神というものを遠くから見ているという視線であって、それが、あの陸橋から街へ降りて行こうかどうしようかという逡巡につながっていくのだと思います。

同時に、泥の中のハスのタネが花開くかという話でもあるわけですね。そうすると、自分の文学もまた、自分という泥の中から出てきたものであるのは違いないことだけれど、もしかすると宗教もそういうものではないのかと、初めて考えるのですね。それまでの須賀さんは、宗教というものが泥の中から出てきたとは考えていなかったと思うんです。ところが、神を信ずるということも人間という泥の中から生まれてくる何かだとなると、もう文学しかない、そう思い定めていたところがあったような感じがする。

だから、もう少し長生きしていたら、信仰というものが人間にとって何であるかということをきちんと書いたんじゃないか。そう思うとなんとも悔しいですね。

松家　『樹々は緑か』の、陸橋の上から遠景として街を見おろす場面は、須賀さんの本の中で印象的に描かれている心象風景と、どこかで重なる部分がありますね。

たとえば、『遠い朝の本たち』にもそういうシーンが出てきます。お父さんからクリスマスプレゼントとしてもらった『日本童話宝玉集』の中に、母親と二人で山の中でつましく暮らしている少年の物語があって、少年が木に登って、枝のあいだから夕陽に輝く奈良の都を見はるかすシーンに、少女の須賀さんは動かされる。

書き手の須賀さんは、たとえ親密な仲間であっても、いったん距離をおいてじっと観察してから描くところがあって、その視点を大事にしています。『時のかけらたち』にも繰り返しファサードという言葉が出てきますが、建築物を知るには、ずかずかと入っていく前に、遠くからその建築物の正面をじっと見ることに時間をかける。自分にとってどういう意味があるかは、離れて見なければわからない。そう考えている節があります。

ようするに、遠くにある対象に近づいていく、あるいは遠くにあるものを遠くにあるまま見てその中で自分の内面に起こってくるものを見る、そういう質の人だったのだと思います。須賀さんが繰り返してきた、世界と自分がどう対面していくのかという姿勢と、『樹々は緑か』の最後のシーンが、深いところで共振したのかもしれません。

湯川　そうした距離が好きな一方で、人に対してはものすごく「懐《なつ》く」感じなんですよね。

池澤（夏樹）さんが『星の王子さま』の中で訳していたフランス語がありましたよね。

松家　アプリヴォワゼ（apprivoiser）、懐くですね。実は昨年、仲間と創刊した雑誌『つるとはな』で「須賀敦子からの手紙」という頁を設けて、友人だったスマ・コーンさんとジョエル・コーンさん夫妻宛の手紙を掲載したのですが、おふたりも「須賀さんはすごく懐く人だった」とおっしゃるんです。「まったく関心のなかった人や場所でも、いったんその人に会ったり、その場所に行くと、途端に懐いてしまう」と。須賀さんの人間的美徳を語るキーワードのひとつでした。

コルシア書店にすうっと溶け込むように迎えいれられたことにも、その要素があったはずです。人にはすぐに懐いて、あっという間に距離を縮めて、強いつながりが生まれる。それと同時に、内面的な須賀さん、書き手としての資質のある須賀さんのなかには、つねに遠巻きにして見ている部分が失われずにあったのではないか。

湯川さんはさきほど、須賀さんが晩年にもう一度孤独に出会ったと指摘されましたけれど、孤独であることは、世界との距離を意識することですね。『樹々は緑か』の最後、ある逡巡をもって夕焼けに染まる街を見ている場面で「ほとんど泣きふしたいほどの感動につつまれた」のは、世界とのあいだにある距離の前で立ち尽くす自分を、重ねていたのかもしれません。

小説という表現手段でこの距離を縮める——いや、縮めるのではないですね。むしろ、距離をとびこえて、ことばによって世界そのものをつくりだすしかないと思ったのではないでしょうか。

湯川　世界をつくる自由というのは、その距離を縮めるかどうかは別として、距離感を変えてくれることであることはたしかです。それは、個人的なつき合いの中でも、ある距離というものがいつもある。親密になればなるほどその距離を感ずるというのが、この秘密なんですよ、多分。いちばん親密になったときにこそ、ちゃんと距離を置く。

それは、須賀さんにずっとついて回っているものです。たとえば、須賀さんの書かれたものの中で忘れることのできないのは、ガッティというコルシア書店の仲間の編集者ですね。ガッティについての文章は、「ガッティの背中」(『ミラノ 霧の風景』所収)と「小さい妹」(『コルシア書店の仲間たち』所収)の二つある。須賀さんはガッティととても仲が良くて、いろいろな親密なシーンを書いているのですが、そこにはものすごい距離がある。なぜかといえば、ガッティのことを正確に見過ぎているんです。ガッティとの間に埋めがたい距離がなければ、こういう正確な描写はできないだろうと思います。たとえば、ガッティがアイスクリームを食べる描写で、「スプーンを山に突きさすのでなくて、アイスクリームの傾斜に並行してぺったりくずしていく」と書く。これはものすごい冷たい目ですよ、男を見る目としては。

もう一つ、旦那さんのペッピーノの父親のことを書いている「ガードの向こう側」（『トリエステの坂道』所収）というエッセイがあります。そこでは、近所の娼婦たちに信頼されてお金を預けられていた父親が、ある夕暮れに、職場から家に帰りながら過去を回想していくシーンが書かれている。しかし、須賀さんがペッピーノと結婚したときには父親はすでに死んでいて、須賀さんは父親に一度も会ったことがないんです。要するに、これは小説なんですよ。父親は下級鉄道員で、それまでの須賀さんの生活にはいなかった人です。そういう人を想像して書くと、小説ができ上がってしまう。

つまり、須賀敦子の中には、自然に放っておけば小説の方向へ行ってしまう何かがあるということです。その何かは、やはり人間との距離感であり、言葉を換えれば孤独ということになる。そういう人間との距離感を、いろんな形で考え抜いていた人なのだと思いますね。

松家　先ほどダンテの名前が出てきましたが、須賀さんを語るにおいては、やはりダンテの『神曲』に触れておきたいと思います。

たとえば、『時のかけらたち』にこういう一節があります。「古典主義がめざした、形態による虚構性ということを、建築はおろか、文学においても、ながいこと理解できないままで歩いていた」。そして、「古いハスのタネ」の中でもまた『神曲』に触れて、こういっている。「現在の私たちが詩と呼び、宗教と呼ぶものが、ダンテの時代とは比べられぬほど、部分的で断片的であることに、私たちは気づく」。

須賀さんはいつぐらいから意識的にダンテを読み直しはじめたのかと調べてみたら、年譜で見る限りでは、一九八一年から学生たちを集めて『神曲』の講読会を開いている。その講読会の中心にいた藤谷道夫さんが、須賀さんの残された『神曲』の下訳についての詳しい事情を書かれています（KAWADE夢ムック　文藝別冊『須賀敦子ふたたび』所収）。いっぽう須賀さんは九五年に読売新聞で「古典再読」という連載も始めている。古典主義的なものに対する強い関心が、やはり九五年あたりを境に再燃しているように思えるんです。

そういう流れはわかるのですが、ダンテの『神曲』が須賀さんにどういう影響を直接的に、あるいは間接的に与えたのかというのは、いま一つよくわからない。

湯川　須賀さんがダンテをとても重要だと思って、どっぷりつかっていたというところまではわかるのですが、正直いって、専門外の我々がダンテという人を理解するのはなかなか難しいですよね。

ですから、あくまで憶測に過ぎないのですが、松家さんが引用したところから察するに、ダンテというのは、宗教が全部を覆っていた時代の最後の人であるということなのでしょうか。

松家　「部分的で断片的である」ということについていえば、須賀さんがそれまで書いてきたものはあくまでもスケッチみたいなものであったという、無意識に近い自己批評も含んでいたのかなという気がします。

　須賀さんの『ユルスナールの靴』に至るまでの仕事というのは、極めて魅力的な断片を積み重ねて成立させた世界だったのだけれど、小説を書くということになった場合には、部分的、断片的につくり上げるわけにいかない、少なくとも全体への視野は用意しておかなければならない、という気持があったから、この「部分的で断片的である」ということばが出てきたのかもしれません。

湯川　でも、須賀敦子の生涯ということを考えると、五十五歳ぐらいまで本気になって書かなかった、書けなかったというのがすべての始まりだと思います。書けなかったというのには非常に大きな意味があって、「文章のもつすべての次元を、ほとんど肉体の一部」にすることを自分で納得しなければ、書けなかったわけですからね。そこから書き始めて、ああいう道筋をたどったわけですけれども、これはほんとうは八十過ぎまで書いている人の生き方なんですよ。だから、八十過ぎまで健康がゆるして書いていくという人の生き方とすれば納得いくんですよね、そういう書き方があるなと。

しかし、残念ながらそうはならなかったというところに、須賀さんへの哀惜が強まる理由があるんだろうと思うんです。それは、もうちょっと長く生きて何か立派な作品を書いてほしかったという一般的な話じゃないんです。もうすぐそこに、具体的なかたちで書かれたであろう作品が見えていたんです。こうやって須賀さんの道筋をたどっていくと、今更ながら「ああ！」と嘆息せざるを得ませんね。

松家　須賀敦子という人をかたちづくってきた文学、信仰、思想、人間に対する深い関心が身体的に統合され、そこからものを書くということが生まれてきたわけですから、とても小手先ですむ話ではない。そんな書き方を十年もつづけていたら、からだがもたないと思うんです。漱石が小説家であった十一年間という時間を、連想せずにはいられないんですね。

「新しい須賀敦子」五つの素描

湯川 豊

父ゆずり

須賀敦子には父豊治郎の存在が大きな影を落としている。
《そして、文学好きの長女を、自分の思いどおりに育てようとした父と、どうしても自分の手で、自分なりの道を切りひらきたかった私との、どちらもが逃れられなかったあの灼けるような確執に、私たちはつらい思いをした。》（「父ゆずり」『遠い朝の本たち』）
と須賀が書いているように、父と娘の関係に「文学」が入りこんでくるという、ただならぬものだった。それにしても「灼けるような確執」とは！　私は、この父子の関係の複雑な深さを承知しているつもりだったけれども（かつて書いた本に「父と娘のヨーロッパ」という一章をもうけたように）、もう一度考えてみる必要を感じている。

『遠い朝の本たち』という、読書にまつわる回想記をきわめて重要な本とは考えていたが、何度も読み直すうちに、この本の中心には父親がいる、と思うようになった。エッセイ集『ヴェネツィアの宿』の中心に、父（と母）がいるのと同じように。

父親が中心にいる、というのは強く影響された、というだけではない。父の教えをはねのけて、自分の手で自分の道を切りひらこうとした娘の強い意志が働いた、という関係が含まれている。そう考えると、豊治郎にとって「文学」とは何であったのかを、娘の観察を通してという方法しかないとしても、改めてたどってみる気になった。

私の本好きは、父ゆずりだった、と須賀敦子は書いている。おそらく、その通りだっただろう。しかし、本好きの小学生であった娘には、クリスマスに本を贈るというていどのことをするだけで、豊治郎があれを読め、これを読んだかと、「思いどおりに育てようとした」のは、もっと後のこと。娘の女学校（中学校）時代にその気配が兆し、聖心女子学院の高等専門学校、そして戦後に聖心女子大学の学生になったあたりから、父の口だしがきびしくなっていったと思われる。以下しばらく、『遠い朝の本たち』から、父と本にまつわるエピソードを拾いだしてみよう。

少女の須賀敦子に父が与えた本は、そのセンスのよさで、なるほどと納得できるものである。

ある年のクリスマスに、大判のうつくしい、子供のために書かれた『平家物語』をもらった。正座してお礼をいうと、父親は「この本は本文も大切だが、さし絵がいいのだ」といった。小村雪岱《こむらせったい》のさし絵で、以来この画家の名前が忘れられなくなった、と須賀は書いている。父親の、挿絵についての一言、まさにぴたりとはまって、みごとなのだ。

丸谷才一に「小村雪岱の挿絵」と題するエッセイがあり、そこで落合清彦が、

鏑木清方《かぶらぎきよかた》

小村雪岱

木村荘八《きむらしょうはち》

の三人が近代日本の挿絵画家の三絶といったのを引用し、賛成している。なんでも丸谷のお母さんが雪岱びいきだった由。

雪岱は日本画家ではあるけれど、資生堂の意匠部に勤め、ポスターなども描いた。世紀末イギリスのビアズリーの影響を受けて、モダンで伝統的なイラストをたくさん手がけた。

話を須賀敦子に戻すと、須賀はこの『平家物語』について書いている。

《いちばんこころを動かされたのは、大原御幸《おおはらごこう》のくだりだった。とくに、後白河院が建礼

門院と悲しい思い出話をするという物語そのものが、私をあの透明な悲しみの世界にすっとさそいこみ、何日も、たぶん何年も、小学生なりの寸法でしかなくても、私は平氏の滅亡を、この本のなかでかぎりなく哀しんだ。》

あの父にして、この娘あり、の見本を見るような経緯である。読むものについて、このように深い感受性をもつ少女ならば、やがて本についての父の指導は、重苦しく、辛く感じられていくに違いないと予感させる。

もう一例。女学校に入ってから、島崎藤村の『幼きものに』をもらった。

須賀敦子は、この本について、二つのことをさりげなく語っている。

この本には、藤村が子供に宛てた手紙が入っていて、その文体は、自分が後年フランスに留学したとき、日本の父が「くれた手紙に読みとれた」という。

もうひとつは、この本を読むうちに、「父の解説のせいもあったのか」、だんだんその文章にひきいれられていった。これほど「やさしい」文章が、いい文章というのは、どういうことなのか。「それがいぶかしく、父はかなりむずかしいことを私に伝えようとしている、とまばゆい気がした」。

この「まばゆい気」も先の『平家物語』の場合と同様に、やがてはそこから脱出しようと思いさだめるほどの、重苦しいものになっていくのをも予感させる。

そして鷗外。「鷗外は、彼の国語であり、ときには、人生観そのものといってよかった」と、須賀が書くように、豊治郎にとっては特別な、なんとしても学ばなければならない文学者だったに違いない。

大学生の娘が外国文学を勉強していると、日本語がだめになるのを恐れて、鷗外訳の『即興詩人』を読め、と何度も何度も口にした。ローマに留学したとき、最初に父から届いた小包は、岩波文庫の『即興詩人』で、「この中に出ている場所にはみんな行ってくださいい」という電報のような命令が、ページにはさんであった。娘は、父の気持を推察できるだけに、読みました、とか、読んでいます、とかいって、ごまかすしかない。二人の「灼けるような確執」が、いよいよはっきりと姿を現わすのである。そのあたりのことを、須賀は『遠い朝の本たち』のなかにさらに「父の鷗外」と題する一章をもうけて書いている。

父の母校であった大学で勉強するようになってまもないころ、というから、一九五二年、須賀が両親の反対を押し切って、慶應義塾大学の大学院社会学研究科に入った後だろう。須賀は麻布にあった東京の家から大学院に通い、ときどき仕事で上京してくる父がそこに泊った。

須賀が寝ていた日本間に、父が大事にしていた鷗外全集と鏡花全集がある。ある夜、遅くなってから、その本棚から本をとりにきた父が、いきなり声をかけてきた。「おい、おまえ、鷗外は読んだか」。

どうにかして父を凌ごうとなにかにつけてつっぱっていた当時のことだから、と須賀はいう。はいと、いちおう答えておいた。父はおおいかぶせるように、「なにを読んだ」と尋ね、娘があげた作品名にうなずいた後で、鷗外は史伝を読まなかったら、なんにもならない、『澀江抽斎』ぐらいは読んでおけ、といった。

娘は、ひさしぶりに父に全面降伏したように感じたが、とにかくその後で『澀江抽斎』を読んで、「ますます父にあたまが上がらない気持」になる。須賀が鷗外の史伝をどう読んだか、ここで詳しくたどってみる余裕はないが、次のような感想を書きつけている。

《いずれにせよ、鷗外が父の生涯を通して私の上にのしかかっていたのは事実で、父のナマの言いつけにはことごとに反抗しながら、ふしぎに鷗外については、ぜったいにかなわないと信じていたし、父の忠告は、日本文学の分野ではとくに師といえる人をもつことがなかった私にとって、ほとんど金科玉条だった。》

これまで、文学を軸にした父子の「灼けるような確執」に至る道をたどってきた。それとは別に、須賀が自らいっているように、幼い頃から「父への反抗を自分の存在理由みたいにしてきた」のも、また事実であろう。

文学については、須賀が二十歳前後でその世界に没入するあたりから、確執はきびしくなったのだが、生活のなかでは、「小さいときに限っていえば、もう反抗のしっぱなし」だったと、一歳下の妹である北村良子さんが語っている。小学校の頃から、中学時代までそれが続いた。良子さんの次のような発言。

《父は大変な癇癪持ちでしたから、食事のあいだに自分の気に食わないことがあったりすると、バーンとひっくり返すんですよ。母はおろおろしてかたづける。私も手伝う。姉は、よくあんな冷やかな顔ができると思うぐらい冷やかな顔をして、父を横目で見くだしていました。もう非常に軽蔑した顔。結果、父はだんだんしなくなりました。「あ、お姉ちゃん、勝ったな」と思いました。》(「文學界」一九九九年五月号、「姉のこと」)

同じインタビューでの良子さんの話によれば、父豊治郎は、敦子が聖心の高等専門学校に進んだ頃から、格別に娘を可愛がりだした、という。娘と、英語のこと、ヨーロッパの歴史、美術のことを話しあうのを楽しんでいたようすだった。

いっぽう、「姉のほうもフランスへ行くあたりから、もうぜんぜん反抗なし」の感じになった。敦子のフランス行が決まると、父は船の旅程を綿密な表にして渡したりして、敦子はそれが嫌だといっていたが、没後に父が書いたその紙が出てきて、「ああ、大切に持っていたんだ」と驚いた。「もうファザコンというか。私をふくめて、それまでは親戚の誰ひとり、姉があんなにパパのことを好きだとは知らなかった」と、良子さんは回想している。

豊治郎と敦子の父子関係には、そのように屈折した変遷があった。あったけれども、須賀敦子が父について語る文章を読むと、格別に熱い親近感をもっていたことが否応なく伝わってくる。精神の熱度のようなものを、父ゆずりのように自分が受けついでいるのを、須賀はよく知っていたに違いない。

もう一度、須賀の「父の鷗外」に戻ろう。一九六七年に夫が死んですぐ後、母が重い病いに倒れたため、須賀は一時帰国していた時期があった。その折、父が母のいない二階の座敷で毎晩のように武鑑に読みふけっている姿を見ている。

武鑑は江戸時代の大名、旗本の系譜や知行高が記されているもの。「商人の家庭、それも一代で身代を築いた両親に育てられた父にとって、武士たちの世界は、自分たちの知らなかった虚構の秩序として、精神のよりどころにしようとしたのではなかったか」と、透徹した推測を須賀は語っている。

また、鷗外の晩年の歴史小説を読み返して、そこに「ギリシア悲劇的な運命の桎梏」を読みとり、鷗外の武士の生き方の捉え方が、思った以上に西洋的なものだったと、須賀は自分の発見にもふれている。そしてその読みとり方が、鷗外の史伝への入口になるのではないか、と須賀敦子は亡き父親に語りかけるように書いているのである。

本を読む少女

須賀敦子は本を読む少女だった。小学校の低学年の頃からはじまった本を読むという習慣が、幼い女の子をどのように育てていったのかは、須賀の本にまつわる回想記『遠い朝の本たち』にくわしく語られている。

絵本もふくめて、読書が、須賀敦子という少女の感受性に沿いながら、いかに深く血肉化されたか、驚くべきものがあった。

一家は父豊治郎の東京転勤によって、一九三七年西宮市殿山《とのやま》町の家から東京・麻布の家に引越した。須賀自身は、それが九歳のとき、と何度か書いているが、三七年は七歳から八歳である（誕生日は一月十九日）。あるいは数え年で記憶していたのかもしれない。

東京の家ではベッドのある洋間に妹と暮らしていて、寝る時間を過ぎて本を読むのは、たいていベッドのなかだった。そこで読んだ本のひとつが、『新子供十字軍』という本。有名なマルセル・シュウォッブの作品ではなく、イタリア人の書いたものだった。ピエモンテ州の山村の子供たちが、神さまのお告げがあったと信じ、歩いたり汽車に乗せてもらったりして、ローマまで行ってしまう話である。

須賀は、子供たちの歩いた長い道のりにあこがれ、本がぐさぐさになってしまうまで何度も読みかえした。そして、「私の中には、旅に出たいと、遠くの土地にあこがれつづけている漂泊ずきの私と、ずっと家にいて本を読んでれば満足という自分とが、せめぎあって同居しているらしい」と書き、自分が「巡礼」ということばに目覚めたのは、あの『新子供十字軍』だったと思うと文章を継いでいる。早熟であるのもさることながら、本が伝える物語に熱中するあまり、本が体のなかに入りこみ、血肉となる姿を、私たちはこのエピソードで知ることができるのだ。

そしてこの少女は、家の近くの崖っぷちになっているところに立って、むこうの丘に夕陽に赤く染まる巨大なビルの窓ガラスを見て、なんとかしてあそこへ行ってみたい、と思うのである。

本を読む少女は、同時に野を駆ける少女でもあった。野を駆ける、などというと大げさに聞えるかもしれないが、とりわけ幼女の頃は、泥んこになったり、木に登ったり、虫を捕ったりと、一日屋外で目いっぱい遊ぶのが習慣だった。

小さい頃暮らした兵庫の武庫《むこ》郡精道村《ぐんせいどうむら》（現・芦屋市）の家は、ずいぶん広い家で、庭には明確に三つの区画がついていた、と「まがり角の本」の章で書いている。その広い庭で遊び暮らしたことは、須賀敦子の大切な原体験になったと思われる。

「まがり角の本」で語られるのは、スザンナ・クーリッジの『ケティー物語』である。銀座のデパートの書籍売場で、迷いに迷ったあげくに選んで買ってもらった一冊。少女は「ケティーの世界に没入してしまった」。

十九世紀末の、アメリカはニューイングランドの、父が医者の一家の話。早くに亡くなった母がわりの叔母のもとで、長女であるケティーと弟妹たちののびのびとした暮らしがある。家にはとてつもなく広大な庭があって、パークと呼ばれる自然のままの土地である。ケティーと弟妹たちは、きびしい叔母の目をぬすんで、その土地の探検をくわだてる。

東京に引越して、庭とか裏山のない環境に息がつまりそうになっていた少女は、ケティーたちの探検に熱中し、自分も近所の空き家を探検し、妹やマサコちゃんという近くの家の友だちと一緒に秘密の地図をつくったりする。その秘密の地図を隠しておく場所の、もうひとつの秘密の地図をつくったりもして。『ケティー物語』に熱中して、学校も友人たちも、片道三十分の通学路も忘れて、物語の世界に没入した。

何度読んでも、訳文だけではわからない細部があった。たとえば、ケティーたちが身につけていた「帯」って何だろう、とか。そして、大きくなったら「外国」に行きたい、と思うようになる。外国に行ったら、きっといろんなことがわかるはずだ、と本気で考えるのである。

この『ケティー物語』が、なぜ「まがり角の本」なのか。

少女の頃の須賀敦子にとって、本の世界は青白い顔をして頭のなかにだけ蓄積されていったというたぐいのものではない。本の世界は、現実の生活と正確な接点をもっていた。本がただ本としてあるのではない。生活のなかに入りこんできて、少女の感受性のなかで、一体化する。その最も早い現われが、『ケティー物語』だったのではないか。私はそんなふうに考えている。

妹の北村良子さんが、インタビューのなかで回想している（「文學界」一九九九年五月号、「姉のこと」）。

日曜日など、父親がどこかへ出かけようといいだすと、敦子は「着替えるのがイヤだ」といってひっくり返る。どうして銀座なんか行くのか。きょうは井の頭公園の昆虫館へ行く予定だったのに。

《植物にもとても興味をもっていましたが、昆虫にも凝りましてね。小学校四年ぐらいのとき、昆虫博物館へひとりでとっとと行って、そこの館長さんと仲良くなって帰ってくるんですよ。自分で昆虫図鑑を買ってきて、夏になったら蝶やなんか捕って、羽ひろげて標本つくったりとか。》

私はこの少女時代のエピソードが好きだ。野性的な生命力が少女の体に宿っているのが見えるような気がする。その生命力が、本のもつ力をまっすぐに吸収していく。

「まがり角の本」の冒頭で、須賀は書く。

《自分をとりかこむ現実に自信がない分だけ、彼女は本にのめりこむ。その子のなかには、本の世界が夏空の雲のように幾層にも重なって湧きあがり、その子自身がほとんど本になってしまう。》

とりかこむ現実に自信がないのは、本を読む読まないとはかかわりなく、「若さ」につきまとうことである。「その子自身がほとんど本になってしまう」ことで、現実に向かいあって生きる力が生まれる。それが本を読む少女がもっていた才能だった。

「貧」を描く

「貧困」は須賀敦子にとって特別な意味があった。自身は、戦後まもなくにヨーロッパへ自費で留学できるほど、特権的に富裕な家に生れ育ったが、すでに大学時代に貧困からの救済事業に深い関心をいだいていた。二度目の留学だったローマ行きは、その後にミラノへの移住になるのだが、それはミラノにあるコルシア書店のカトリック左派の運動に加わるためだった。

第二次世界大戦が終ってまもなく、世界が貧しさにおおわれていた時代である。

須賀は、コルシア書店の支配人役をしていたジョゼッペ（ペッピーノ）・リッカと結婚したが、ペッピーノはミラノのプロレタリア階級の出身である。ペッピーノの父ルイージは一九五四年に死亡していたが、下級鉄道員で、つまり労働者といわれる階級に属していた。

ヨーロッパは日本では考えられないほど強固な階級社会である。ペッピーノはまぎれもなく下層階級の出身だけれども、苦学して大学を出た。才能にも恵まれた詩人・哲学者である。知識人であることによって、出身階級から脱け出した存在といっていいだろう。脱け出す、といっても、上に立つという意味ではない。横に飛び出して、精神の自由を得るといったらいいだろうか。須賀敦子と結婚したあとも、コルシア書店の多くはない給与で生活していて、二人の暮らしに経済的余裕はなかった。そのことじたいは、しかし須賀の貧困への関心とは直接関係がない。

ペッピーノが死んだのが、一九六七年。四十一歳の若い死だった。それから四年後の、七一年に須賀が帰国。さらに約二十年の後、九〇年から「SPAZIO」に「別の目のイタリア PARTⅡ」を書きはじめ、連載四回目からペッピーノとその家族のことを書くのである。四回目は、「雨のなかを走る男たち」だが、以降、夫の家族について書くエッセイは、つねに貧困が強く意識されていた。

夫の家の貧しさを描くのに、須賀はたじろいでいない。しかし、たじろがないことを強く決心したうえで書いていることが、文章のはしばしからうかがえるのである。やはり、書きにくいという意識があったのだろう。

それでも、あえて貧困から目をそむけなかった。夫をはじめとする家族のひとりひとりを書くのに、貧しさをとりあげずにはいられなかった。それが第一の理由であろう。もう一つ、九〇年代に入っても、貧困は姿をかえたかたちではあっても、世界からいっこうに拭い去られていない、という意識が、須賀にはあったと思えてならない。しかし、そんなことは一言も洩らさずに、貧しさが人間の暮らしのなかにどう現われるかを、須賀は精密に描くのである。

『トリエステの坂道』にまとめられた家族の肖像のなかで、その貧しさの様相および描き方にいちばん心惹かれたのは、「マリアの結婚」と題された一篇である。

ペッピーノの母、須賀敦子のしゅうとめの姉であるマーリおばさんは、ロメッリーナ地方の農民と結婚していて、一男二女がいる。ロメッリーナ地方は、ミラノの西南の方向にあり、電車で一時間ちょっとの、イタリア最大の水田地帯。そこの農民といっても、地主から借りた土地を耕やし、小麦をつくったりして細々と暮らしている一家だった。

そのマーリおばさんを、須賀はこんなふうに描いている。

《骨太の、どこにも優しさのないからだつきが、ぽっちゃりした、いかにもおかあさんふうのしゅうとめとは対照的だった。何代にもわたって太陽に灼かれつづけた農民の血が、彼女の大きな手足や頬骨の張った顔にどんよりと澱《よど》んでいるようで、はじめて会ったときには、どこか横柄な物腰が妙に印象に残った。でも、なんどか話すうちに、最初、横柄と思ったのはまったく私の思いちがいで、彼女には、想像力にたよったり、ことばや表情で考えを表現する習慣がないという、それだけの話だとわかった。》

長々と引用したのは、貧しさのなかにいる人間を描く、筆致のくもりのなさを知っていただきたいからである。「でも、なんどか話すうちに」以下の文章は、物いわぬ貧困の姿をとらえて、鋭く、正確だ。

マーリおばさんには一男二女の子どもたちがいた。末っ子のナタリーナは、よくしゅうとめの家に遊びにきて、可愛がられている。その兄であるジュゼッペは、ミラノの市電の車掌をしているが、なんど試験を受けても運転手になれないでいる。

姉のマリアが問題の人なのだった。

ナタリーナは、近頃この地方にできた製靴工場に勤めていて、安定した収入を得ている。靴工場ができる前は、田植えのときに農家に雇われて働く。このとき雇われた娘たちにとっては、夜が奔放な性の解放時間になる。結果として、労働の季節が終ると、何人かが身ごもって村に戻った。そして「施術屋」と呼ばれる女に金を払って、そっと始末をした。ナタリーナは、その夜の時間がたまらなくいやで、恐ろしかった。靴工場に勤めることができて、いまは明るく元気いっぱい。しかし、姉のマリアは、妹とは違っていた。マリアは工場へ行くでもなく、父親の農業の手伝いをするでもなく、いつも家でぶらぶらしている。ふらりと家を出て、何日も帰らないことがあるが、「男から金をとって生きることを彼女が覚えたのは、もとはといえば田植えだった」と書かれている。

《マリアは背も高く、堂々としたからだつきで、頬骨の張った血色のいい顔も、大きくウェーブして肩にかかった黒髪も、彼女を年齢よりずっと若くみせていた。》

男をひきつける魅力があったのである。だから、しょっちゅう「事件」をおこした。「事件」とはしゅうとめの言葉で、妊娠し、兄のジュゼッペが費用を出してその始末をする。マリアが「事件」をおこすたびに、一家の近所での評判はいよいよ悪くなった。

そのマリアに、どういう風の吹きまわしか、まともな結婚話が成立した。アダーモという、四十すぎ（と思われる）の町の郵便局員が、マリアと結婚するのである。マリアにはピアという父親がわからない小さな娘がいたが、喜んでその子も引きとる、という話。

しゅうとめと、ペッピーノと須賀、それに義弟のアルドは、マーリおばさんの家でおこなわれた結婚式に招かれ、出席した。痛ましいほどの貧しい結婚披露のパーティだったのはしかたがないとしても、何かちぐはぐな雰囲気が気になった。

しかしアダーモとマリア、それに小さなピアの一家の生活は、波風の立つこともなく、穏やかに続いた。マリアが六十すぎで、心臓発作で死に、ピアがその後に無事結婚するところでこの話は終っている。

貧しさがマーリおばさん（リベロという夫は、さえない小農民である）の一家のひとりひとりに、どんなふうに現われているか、克明に描かれている。ペッピーノの近い親戚のことだと考えれば、ここまで書くのか、と思われるほどだ。

須賀敦子には、貧困を経済上のことだけではなく、人間に何をもたらすのかを具体的に知ろうとする意欲のようなものがある。それは、貧困を頭で理解するだけではない、自分の実践活動に結びつけて考えていることの証し、のようなものであろうか。

夫ペッピーノとその家族のことを書くのは「雨のなかを走る男たち」（『トリエステの坂道』所収）以後のことだが、そのエッセイのなかに、トーニ・ブシェーマという問題児が出てくる。しゅうとめが住む鉄道官舎の隣人、ミケーレ・ブシェーマの弟である。

トーニのことは話に聞いていたが、最初に会ったのは寒い冬の日曜日の夜で、ひとことの挨拶もなく、階段をかけ上って姿を消した。「不審な人間に会ったというよりは、コウモリとかイタチとか、そんな小動物に夜道で前を横切られたような気持だった」と書かれている。

そして、このトーニの姿をもっとはっきり見たいとしきりに思い、夫にせがんで、夜の街で花を売っているトーニに会いに行くのである。夫はトーニにいまさら会うなんて、気乗りがしない。しかし須賀は、どうしても、とつっぱって、「きみも物好きだなあ」と夫にあきれられる。

これはトーニという障害をもつ青年に対する、ほとんど好奇心の発動といってもいいような、関心のもち方である。その好奇心のようなものを考えるとき、私は「キッチンが変った日」（同じく『トリエステの坂道』所収）の一節を想起せずにはいられない。夫の実家に出入りし、しゅうとめと知りあうようになった頃についての記述である。

《……当時、なによりも私をとまどわせ、それと同時に、他人には知られたくない恥ずかしい秘密のように私を惹きつけたのは、このうす暗い部屋と、その中で暮らしている人たちの意識にのしかかり、いつ熄《や》むとも知れない長雨のように彼らの人格そのものにまでじ

わじわと浸みわたりながら、あらゆる既成の解釈をかたくなに拒んでいるような、あの「貧しさ」だった。》

「貧しさ」は、金銭的な欠乏によってもたらされるのではない。つぎつぎに夫の家族を襲って、残された者から生への意欲を奪ってしまった不幸に由来するものだ、と須賀はいっている。

いずれにしろ、貧しさと不幸は、切り離せないものとして、堅く結びついている。そこまで見据えれば、人間の不幸がひとりずつに固有のものであり、解決は金があればすむというものではない、という思考をたどるようになるだろう。須賀敦子は貧困に対処する事業に長く取り組みながら、そこまで考えを及ばせていたのだった。

信仰と文学

一九五三年のパリ大学留学について、後年須賀敦子が書いているものを見ると、多くのばあい失望と欲求不満が現われている。

たとえば『ユルスナールの靴』で、須賀が自分のフランス体験について語っている文章には、失望感が色濃い。パリについたのは八月で、その年のクリスマスの頃は、「じぶんはいったいなにをしにこんな遠くまでやってきたのだろう」と思う日々が続いたようである。

フランス語が十分に通じない、ということもあっただろう。失望の要因を一つに帰すことはできないが、「カトリック左派」といわれる運動の動きに、思うように接近できなかったことが、ぬぐいがたい欲求不満としてつきまとっていたと、私には思われる。学生たちのシャルトルの大聖堂への巡礼に参加したときのことを語った「大聖堂まで」（『ヴェネツィアの宿』）には、カトリック左派の運動の一つであるこの巡礼で、何かちぐはぐな感じしかもつことのできない須賀敦子がいる。

須賀敦子がカトリック左派と呼ばれる思想と運動に心惹かれたのはいつ頃からだったか、それをテーマにして書いてはいないから確定することはできないのだが、一九四八年、聖心女子学院高等専門学校を三年で卒業し、五月から新設された聖心女子大学外国語学部二年に編入した頃、あるいはその一、二年前あたりからか、と考えられる。

フランスの神父《アベ》ピエールが、エマウスの活動をはじめたのが一九四九年。アベ・ピエールの運動も一九三〇年代からフランスにおこったカトリックの革新運動につながるものと考えれば、これもカトリック左派の運動の一つであった。

須賀は、カトリック左派という言葉は、主としてジャーナリズムが用いた呼称で、活動の従事者が自らをそう呼んだのではない、と明言している。そうでありながら、フランスからやがてイタリアに広がっていったこの新しい運動を、総括的にはカトリック左派と書くしかないようでもあった。

須賀が「一九三〇年代に起こった、聖と俗の垣根をとりはらおうとする『新しい神学』という、カトリック左派のさまざまな動きの見取り図をつくるのは、私の手に余る。そこで、須賀がわりと何度も言及している、フランスのエマニュエル・ムニエについて、かんたんに述べておこう。須賀のコルシア書店の運動につながるところがあると思うからである。

エマニュエル・ムニエ（一九〇五―五〇）は、フランスの思想家。キリスト教と社会主義の統合をめざし、実践を尊重した。第二次大戦中は対独レジスタンスに参加し、その抵抗運動をもとにして、戦後は革命的共同体の必要を説いた。

キリスト教と社会主義の統合が、戦争直後のフランスの大学生に強く訴えるものであったらしい。須賀は、ムニエの思想が「カトリック学生のあいだに、熱病のようにひろまっていった」（「銀の夜」『コルシア書店の仲間たち』）のを見とどけている。

革命的共同体の模索。それを可能であると考えた風潮は、いかにも第二次世界大戦直後のものであったかもしれない。少なくとも、教会という神への通路にしがみつくのではなく、平等の社会を実現させようとする運動体＝共同体の試みが、若者たちをとらえた。フランスでは、その流れのなかで、ピエール神父のエマウス運動が予想外のひろがりを見たし、イタリアでダヴィデ・トゥロルド神父を中心にコルシア・デイ・セルヴィ書店がすすめたのも、やはり共同体の試みだった。教会、もしくは教会から派生した修道院とは別の、現実社会に参加できる新しい共同体が求められたのである。

須賀の一九五八年のローマ留学は、トゥロルド神父を知ることを通して、コルシア書店の運動への参加に結びついていく。六〇年にペッピーノ・リッカをはじめとする書店の仲間たちと知りあい、やがてミラノ移住、ペッピーノと結婚というふうに迅速に事態が展開した。

いっぽうで以下のようなことがあったことに、私は注意をひかれた。五八年の八月末、羽田を飛行機で発ってローマに向うのだが、その一カ月前の七月に、神戸のヴァラード神父を訪ね、エマウス運動について訊ねた、という事実がある。

ロベール・ヴァラード神父は、ピエール神父の影響を強く受けて、日本（の神戸）で屑拾いのエマウス運動をはじめた。それが一九五四年である。五五年七月にパリ留学から帰国した須賀は、エマウス運動にも強い関心をもっていた。その関心は、イタリアに行く前も、行った後も、長く継続したのである。一九七一年八月、ミラノからやむなく日本に帰ってきた須賀は、七三年頃から本格的にエマウスの活動に入ってゆく。前年の七二年、フランスのエマウス・ワークキャンプに参加し、その折に、ピエール神父にも会っているのだ。

私は前著『須賀敦子を読む』でうまく書ききれなかったピエール神父とエマウス運動について、ここで少しふれておきたい。といっても、アベ・ピエール著、田中千春訳『遺言…』(人文書院・一九九五年刊)で知ったことをメモするていどなのだけれど。その知ったことのなかには、訳者田中千春の「訳者序文」から得た情報もふくまれている。

神父《アベ》ピエールは、本名アンリ・グルエス、一九一二年、リヨンのカトリック教徒の家に生まれた。青年時代、修道院に入った経験がある。第二次大戦でフランスがドイツに敗れると、レジスタンス運動に参加。戦後、その功績によって受勲し、さらに国会議員になる。

一九四九年、貧困による不幸な人びとがアベ・ピエールのもとに集まってきたとき、集まった浮浪者のひとりに屑屋の経験者がいた。その男の案内でゴミ捨て場をあさって、廃品回収業がはじまったのが、自然発生的なエマウス共同体のはじまりである。

廃品回収業は思わぬ盲点だった。みんなで食べるだけの収入になり、やがて余った金で他の貧しい人たちを助けることができるようになった。はじめた頃は行く先不安で収入もなく、アベ・ピエールはパリの町を物乞いして歩いたこともあったという。

やがて、フランスの街々でエマウスと書いたトラックを見かけるようになり、エマウスの廃品回収業はフランス人の生活のなかに定着した。のみならず、エマウス共同体は、フランス以外の国々にもひろがった。一九九四年には、ヴァチカンがローマで土地と建物を提供したという。九四年で、世界で三百五十の組織があり、日本にも四グループができていた。

アベ・ピエールの『遺言…』で目につくのは、エマウスがたんなる慈善活動の運動組織ではなく、貧しい人びとや落ちこぼれのための「共同体」であることを強く意識していることである。その共同体を律する規則は、ゆるやかな「法三章」であった。

一、糊口の資は決して自分たちの働き以外のものに依存しない。

——つまり自分の食べるパンは自分で稼ぐ。

二、救済する人・される人の慈善事業団体ではない。

——頑丈な会員は大きな仕事をこなすが、ジャガ芋を剝くことしかできない人も同じように重要である。それぞれが自分の力に応じて働く。みんなのパンのために働く。そしてとくに、

三、富むために働くのではない。働いて必要以上のものを産めば、与える歓び、また一つエマウスを設立する歓びがもてる。

エマウスは、貧困救済の慈善事業ではなく、「共同体」の運動であることを忘れてはならないだろう。先に言及したエマニュエル・ムニエも共同体づくりをめざしていたし、ミラノのコルシア書店の運動も、もとはといえば共同体づくりが主眼としてあった。共同体づくりであったとしたら、参加者の心のもちようが問われる。それをアベ・ピエールは、「このコミュニティは浮浪者、前科者、家庭崩壊を見た者など、屑のような人間を迎えて、まず最低の連帯意識を取り戻させねばならない」といっている。

日本にある四グループの、東京エマウスの家は、一九七二年から身を入れてこの運動にたずさわった須賀敦子によってかたちを得た、といってもよいようである。私は当時のようすを知っている何人かの人に会い、東京エマウスの成り立ちをきいてみたが、そのことを否定する人はいなかった。

それにつけても想い起こすのは、神奈川近代文学館「須賀敦子の世界展」で目にした、エマウス当時の須賀が写っている写真である。真黒になって働いている。二十代の女性のように若々しく見える。この二つの印象が写真から迫ってきた。まさに、共同体の中心にいた、若々しい須賀敦子。しかし、須賀のエマウスへの没頭は、年齢でいえば四十代前半である。

須賀の没頭は、七五年末に終った。東京エマウスの家の責任者をきっぱりとやめ、身を引いた。以後も残った人びとが来れば相談に乗ったし、クリスマス・パーティーなどに顔を出すことはあったが、共同体の一員と呼ぶことはできなかったようである。

その理由は何か。かつて私は、須賀の次の次の責任者になった村上八月修道女に、どうお考えかと訊ねたことがある。村上さんは、理由は一つではないだろうが、と断わったうえでいった。「学者としての仕事、また文学の仕事をやらなければという思いが、須賀さんの心を領していたのではないか。自分が一〇〇パーセントの全力でエマウスにかかわるのでなければ、身をひいたほうがいいと考えたのではないか」。

聞いてすぐに、「まさか」と思った。須賀が自分が書くことも含めて、文学へ大きく傾斜していったのは、八〇年代半ば頃からではないか、と思ったからである。しかし、須賀のエッセイをさらに何度か読むうちに、村上さんの推測が正しいのではないか、と思うようになった。そのゆくたては、以前書いたことがあるから、ここで詳しく繰り返さない。

須賀は後にエマウスの時代のことを回顧している（『ユルスナールの靴』）。それは、狂おしいといっていいほどの速度と体力を必要とした仕事だった。いまになって思えば、数多い自分の試行錯誤のひとつにすぎなかったのではあるが。とにかく全力を注ぐ対象ではあった。そして次のように言葉をつづける。

《……あの精力と、当時、じぶんが愛情と信じていたものとを文章を書くことに用いていたら。そう考えることが、稀ではあっても、たしかにある。時間が満ちていなかった、いや裸なじぶんに向かいあうのを、避けていたのかもしれない。》（「皇帝のあとを追って」）

あの精力を、文章を書くことに用いていたら、と思ったのは、後年の回想のなかだけでのことではないだろう。エマウスの活動に熱中しながら、どこかでそういう自分を醒めた目で見つめている、もう一つの視線があった。その視線が「裸なじぶんに向かいあうのを、避けていたのかもしれない」と思わせるのである。

エマウスの活動は、半端な覚悟ではできない。文学への思いと、とても両立などし得ない。真摯な須賀は、根っからそう信じていたに違いない。そういう姿勢を私なりに理解したうえでいうのだが、文学への熱中と、信仰が自分を導いてゆく共同体的な活動は、もともと両立させるのがきわめて困難であると、須賀は長いあいだ考えていたのではないだろうか。

　須賀のそのような思いは、『ユルスナールの靴』の端々にもふと現われる。さらに私がはっきりそれを感じとったのは、須賀の宗教に関するメモランダムのようなエッセイ「古いハスのタネ」を読んでのことであった。

「古いハスのタネ」は、九六年一月号の「新潮」に発表された。雑誌は九五年の十二月に発行されている。そして九五年は、オウム真理教事件の年で、宗教とは何かを問い直すような風潮が世間にはあった。この原稿は、そうした風潮のなかで依頼されたものだと思われるが、須賀は自身にとっての必要から、「宗教と文学」について考えようとした。アステリスクによって区切られた短文の連なりのかたちをとった独白のようなエッセイである。その第一連に、「宗教にくらべて、文学のほうは、ひっそりしている。文学は、ひとり、だからだろう」という謎のような文章がある。

　このエッセイは、じつは謎のような言葉の連続なのだ。つぶやくような独白が、自分のための心覚えのように置かれてゆく。そして、各連のあいだには思考の飛躍があるが、それを読み手に説明しようとしない。自分のためのメモ。このような文章を、須賀は他には公にしたことがない。

そのような性格のエッセイだから、真意を読むのはきわめて難しい。こうでもあろうかと、推測をすすめるしかない。

須賀が強い関心をいだき、読書会をひらいていたダンテ、それに十九世紀イギリスの宗教詩人ジェラード・ホプキンズのことが語られているが、それについてはかんたんに感想を述べるというわけにはいかない。

一読して、私には忘れることができない二行の文章がある。

《文学と宗教は、ふたつの離れた世界だ、と私は小声でいってみる。でも、もしかしたら私という泥のなかには、信仰が、古いハスのタネのようにひそんでいるかもしれない。》

この二行もまた、謎のような言葉である。ただ、「小声でいってみる」と自分に問いかけてみるほど、文学と宗教は、離れた世界であるという意識が、須賀には強くあったのだろう。須賀のなかで、それぞれが位置している場所がある。

「私という泥のなかに」、まず文学が根を下ろしている。しかし、信仰もまた、「古いハスのタネのように」泥のなかではじまっているものなのかもしれない。とすれば、文学も信仰も、泥のなかで生れた、古いハスのタネ、つまり人間が原初にいだかざるを得なかったものではないか。須賀はそんなふうに改めて信仰と文学についての思考をすすめているのではないか、と私は思った。

このエッセイの最後の連では、吉行淳之介の短篇「樹々は緑か」が語られる。《これといった筋もないまま、思いの揺れだけで進行するこの作品の底に重く置かれた性の孤独——それはとりもなおさず生の孤独なのだが——に、私はいきなり突き刺された感じだった。古いハスのタネのせいかもしれない。》

この「古いハスのタネ」は、文学なのか信仰なのか。答えが語られてはいない。エッセイ全体が、謎のままに終るのである。

年譜（全集第8巻所載、松山巖編著）によれば、九五年の年末頃、須賀は「アルザスの曲りくねった道」と後に題された、初めての小説の構想を得た、とある。フランス生れの修道女を主人公にしたこの小説では、信仰をめぐるさまざまな局面が描かれるはずだった。

そう予想させる材料はたくさんあるのだけれど、私たちに残されたのは、小説の序章の未定稿のみであった。これに取り組んだまま、須賀は六十九歳の生涯を終えたのである。

「読むように」書く

『遠い朝の本たち』の「葦の中の声」に、こんな一節がある。
《……文章のもつすべての次元を、ほとんど肉体の一部としてからだのなかにそのまま取り入れてしまうということと、文章が提示する意味を知的に理解することは、たぶんおなじではないのだ。》
「葦の中の声」は、飛行家チャールズ・リンドバーグの妻、アン・モロウ・リンドバーグの「日本紀行」（『北方への旅』）の読書体験を語った文章である。これを読んだのは、須賀敦子が中学生になったばかりの頃だった。
文章を、ほとんど肉体の一部として取り入れる。すなわち、読んだものを血肉化するということ。少女時代の読書を、回想した時点（一九九二年）で思いだして説明をつけているのではない。

引用した一節の後に、「多くの側面を理解できないままではあったけれど、アンの文章はあのとき私の肉体の一部になった」と言葉を継いでいるのである。中学生の少女は、読んだ文章が自分の肉体の一部になったと、理屈以前に感じていたのである。まれなことではあるにしても、早熟な心には十分起こり得ることだと、私は思う。

それにしても、これを逆の方向からいうと、自分が（あるいは誰もが）書く文章は、読む人のからだのなかに入っていくようなものでなければならない、ということになる。そういう意識を、まだ本気で何かを書きたいと思うには至らないにしても、中学生が頭の片隅にぼんやりと置くのである。長ずるにしたがって、そのぼんやりとした意識はしだいに明確になっていくはずだし、明確になればなるほど、いつか「書く人」になりたいと思っていた精神に重くのしかかってきたに違いない。

須賀敦子は、研究論文やキリスト教関係の布教文を除けば、五十代半ばまで書きたいと思っていた文章を書かなかった。その理由を一つに帰すことはできないとしても、右にとりあげたような文章についてのきびしい認識が働いていたのではないか、と思われる。

私は別のところで、たとえば本書に収めた講演記録のなかで、須賀敦子の文章のもったぐいまれな魅力について語った。それを美しい文章、とも表現した。須賀が読者を惹きつけるのは、何よりも先にその文章を読むことの心地よさである、ともいった。

文章の魅力というのは、なかなか説明しにくいことではあるけれど、引用した須賀の文章にならって、肉体の一部としてからだのなかにそのまま入ってきてしまう、とその特徴をいうことができるだろう。須賀敦子の読者の多くが、その感覚を知っているに違いない。

自分独自のエッセイを書きはじめた須賀は、これで自分は書ける、などと思いこんだわけではなかっただろう。「書ける」などという方程式は、誰にだってあるわけではない。ただ、長いあいだ「書く人」になりたいと願っていた須賀を、実際にやってみようとうながしたものがあったのかどうか、そのあたりを追究してみることはできる。

現代イタリアの女性作家ナタリア・ギンズブルグの『ある家族の会話』が、須賀に大きな影響を与えたことは、自身が何度か率直に書いている。

『ある家族の会話』が出版されたのは一九六三年である。コルシア書店の勤めから帰ってきた夫のペッピーノがその本を持ってきて、須賀の前に置いた。彼女がたちまち夢中になって読みふけるのを見て、「これはきみの本だって思った」といった（「ふるえる手」『トリエステの坂道』）。

ギンズブルグの才能がゆたかに開花したようなこの作品は、ギンズブルグの名を一躍有名にした。「第二次世界大戦に翻弄されながら、対ファシスト政府と対ドイツ軍へのレジスタンスをつらぬいたユダヤ人の家族と友人たちの物語」（同前）である。

須賀は別のエッセイでもいっている（「オリーヴ林のなかの家」『コルシア書店の仲間たち』）。

《自分の言葉を、文体として練り上げたことが、すごいんじゃないかしら。私はいった。それは、この作品のテーマについてもいえると思う。いわば無名の家族のひとりひとりが、小説ぶらないままで、虚構化されている。読んだとき、あ、これは自分が書きたかった小説だ、と思った。》

第一に、自分や家族の話し言葉を、自分の文体に練りあげていくこと。第二に、実在の人物たちが、小説ぶらないままで、虚構化つまり物語化されている。この二つが、須賀が魅了された中核としてあった。

「こうして、『ある家族の会話』は、いつかは自分も書けるようになる日への指標として、遠いところにかがやきつづけることになった」と、須賀にしてはめずらしく宣言するように書いている（「ふるえる手」）。

そして一九七八年、ローマに行った須賀は友人の紹介でナタリア・ギンズブルグに会うことができた。直接に『ある家族の会話』の翻訳を願い出て、ナタリアはとまどいながらも許諾した。以後、ローマを訪れる機会があるたびに、須賀はナタリアを訪ね、話を聞いた。一九九一年のナタリアの死去までそれがつづいたが、その経緯を綴ったのが「ふるえる手」である。

一九九一年春、最後にナタリアの家を訪ねたとき、須賀がいる前でナタリアの携帯に電話がかかってきた。その電話は、ナタリアに最も親しい文芸評論家チェザレ・Gだったと、須賀は「チェザレの家」（『時のかけらたち』所収）で書いている。

チェザレ・Gは、チェザレ・ガルボリのこと。書かれているように、現役の文芸評論家だったが、ナタリアが死んで五年後（一九九六年）、友人たちのすすめもあって、須賀はチェザレ・Gの家に泊めてもらった。偶然ながら、奇しき縁である。

チェザレ・Gは、モンダドーリ社版のギンズブルグ作品集の序文を書いていて、その序文を、須賀はナタリアに最後に会った日の、前日の晩に読んでいて、心惹かれるものがあった。

ナタリアが世に出るきっかけになった、自伝的作品（『私たちの歩いて来た道』のことか？）について、ナタリアがコメントしているのを引用しながら、チェザレ・Gは述べている。

作者は、それまで小説は書くものだと信じていた。が、あるとき「読むように」書けばいいのだと考えつき、それが彼女のあたらしい文体の発見につながったのだろう。

須賀は右のことを、なぜか引用の印なく、地の文のように書いているのだが、おそらくはチェザレ・Gの文章の正確な要約なのだろう。

「読むように」書く。奇をてらっているのではない。自分が、という主語をおぎなって、「自分が読むように」書く、といったほうが、いっそう意味がはっきりするかもしれない。「読むように」書くとき、微妙に自分を客観化しているはずである。おそらく「しゃべるように」書くだけでは、その微妙な（つまり完全に意識化されていない）客観性は現われないことがあるかもしれない。

また、「読むように」書く書き手が、文章を読むのはそれが肉体の一部になるように、血肉化されなければならないと考えているとき、書くことはひとりよがりな頭の回転からのがれられるだろう。そして読み手が存在するという意識は、必ず抑制という姿勢を呼ぶ。

この二つのことを考えてみると、「読むように」書くのは、「話すように」書くことをおのずと超える。チェザレ・Gの表現したことを須賀敦子の文章を通して知り、私はそのように考えた。

須賀が『ある家族の会話』を読んで、「自分の言葉を、文体として練り上げたことが、すごい」と思ったのは、「読むように」書かれている文体を発見したからに違いない。

一九八五年十二月、ナタリア・ギンズブルグ著、須賀敦子訳の『ある家族の会話』が刊行された。ナタリアから直接、翻訳の許諾を得てから、ずいぶんと時間が経っているけれど、須賀にとっては満足のいく訳業ではなかったろうか。おしゃべりが文体にまで練り上げられた、みごとな日本語が出現している。そして、同じ年の十一月、『ある家族の会話』の訳稿を連載してきた同じ雑誌「SPAZIO」に、やがて『ミラノ 霧の風景』としてまとめられるエッセイの連載がはじまった。「別の目のイタリア」というのが通しタイトルだった。

あとがき

昨年の秋、神奈川近代文学館で開催された「須賀敦子の世界展」は、私にとって当初考えていた以上に意味深いものとなりました。私は同展の編集委員をつとめたのだから、こんないい方は自己宣伝めいて空々しくきこえそうですが、いつわらざる実感です。

神奈川近代文学館の澤茂樹事務局長をはじめとする優秀なスタッフが、精魂こめて実現した展示によって、私はまさに「新しい須賀敦子」、それも何人かの須賀さんに出会うことができました。初めて知った、というだけではありません。以前に、チラッと見えた須賀さんの表情が、明確な強い線をもって迫ってきた、ということもありました。

「新しい須賀敦子」に出会うことができたのは、もう一つ、江國香織さんと松家仁之さんによるところがきわめて大きかった。同展に付随する対談と講演で、お二人の眼が発見したものを私なりに横からうかがい見て、大きな刺戟を受けたということがあります。そして、思いもかけず須賀敦子に関する本をこんなふうに編集し、読者に届けることができたのは、まさに日頃から畏敬している江國さん、松家さん、お二人のおかげです。

本がつくれないか、と思ったところで、親しい編集者である刈谷政則さんと、集英社の役員である村田登志江さんのお二人が揃っている場で、相談をもちかけました。さいわい、お二人はこころよく話にのってくださり、この本が実現することになったのです。村田さん、刈谷さんに、心から感謝いたします。

二〇一五年九月七日

湯川　豊

須賀敦子　略年譜

1929（昭和4）年

一月十九日、須賀豊治郎（二十二歳）、万寿《ます》（二十五歳）の長女として生まれる。豊治郎は慶應義塾大学を中退し、須賀商会に勤務していた。家は兵庫県武庫郡精道村（現・芦屋市翠ヶ丘町）にあった。なお翌年、妹良子《りょうこ》が生まれ、五年後（1934年）、弟新《あらた》が生まれる。三人きょうだいだった。

1935（昭和10）年　6歳

西宮市殿山町（夙川）に転居。近くには田んぼ、野原、小川などがあり、少女時代の敦子はよく野山に遊んだ。四月、小林《おばやし》聖心女子学院小学部に入学。

1936（昭和11）年　7歳

七月、父・豊治郎が「世界一周実業視察団」に参加、翌年五月に帰国。この旅は豊治郎の忘れ得ぬ旅となった。欧米体験は豊治郎のよりどころであった。

1937（昭和12）年　8歳

父が、新設された須賀商会東京支店へ転勤となり、母、妹、弟、叔父と共に東京麻布本村町（現・港区南麻布）に転居。祖母のきびしい統率から離れ、豊治郎の一家が初めて独立した家庭をもった。白金の聖心女子学院小学部三年に編入。

1941（昭和16）年　12歳

三月、東京聖心女子学院小学部を卒業。四月、聖心女子学院高等女学校に入学。十二月八日、太平洋戦争勃発。

1943（昭和18）年　14歳

東京空襲の情報があり、西宮市殿山町の実家に家族と共に疎開する。それにともなって小林聖心女子学院に編入。

1944（昭和19）年　15歳

授業が廃され、学徒動員によって工場で働く。

1945（昭和20）年　16歳

三月、五年制の高等女学校を戦時のため四年で卒業。高等専門学校に入学の予定だったが、校舎が焼け落ちてしばらく自宅待機。八月、敗戦。十月、東京麻布本村町の自宅に戻る。この時期、父と二人で暮らす。聖心女子学院高等専門学校英文科に入学。

1947（昭和22）年 18歳

自分の意思で、聖心女子学院で洗礼を受ける。洗礼名マリア・アンナ。

1948（昭和23）年 19歳

三月、聖心女子学院高等専門学校英文科を三年で卒業し、五月、新設された聖心女子大学外国語学部英語・英文科二年に編入。

1951（昭和26）年 22歳

三月、学士論文としてウィラ・キャザー“Death Comes for the Archbishop”（「大司教に死来る」）を翻訳。四月、聖心女子大学を卒業。学生寮から麻布の自宅に戻る。

1952（昭和27）年 23歳

四月、慶應義塾大学大学院社会学研究科に入学。カトリック学生連盟の一員として、有吉佐和子、武者小路公秀、犬養道子らと出会う。破壊活動防止法案成立阻止行動に参加。日本におけるエマウス運動の創始者、ヴァラード神父の活動を知り、参加を申し出るが断られる。

1953（昭和28）年 24歳

パリ大学留学を決め、慶應の大学院を中退。七月、渡欧。パリで女子学生寮に入る。

1954（昭和29）年　25歳

四月、学生の団体旅行でローマ、アッシジ、フィレンツェへ。六月、シャルトル大聖堂への学生の巡礼に参加。夏休みにはペルージャの外国人大学で学ぶ。

1955（昭和30）年　26歳

七月、パリ留学から帰国。日本放送協会国際局欧米部フランス語班の嘱託として勤務。

1956（昭和31）年　27歳

友人からコルシア書店の会報誌が届き、書店の創設者である、ダヴィデ・マリア・トゥロルド神父やジョゼッペ（ペッピーノ）・リッカの記事に惹かれる。

1957（昭和32）年　28歳

ヴァチカンに本部を置くカリタス・インターナショナルの留学試験に合格。

1958（昭和33）年　29歳

七月、ヴァラード神父がはじめた神戸市生田区の暁光会を訪ね、活動内容とエマウス運動について訊く。八月末、ローマに留学のため渡欧。十二月、ダヴィデ・トゥロルド神父と初めて会う。

1959（昭和34）年　30歳

八月、ダヴィデ・トゥロルド神父からロンドンに来るよう手紙をもらい、ロンドンへ。二十日、イタリアに戻った。またこの年から、トゥロルド神父の原稿を訳しはじめる。

1960（昭和35）年　31歳

一月二日、ジェノワへ。ペッピーノに初めて会う。コルシア書店のメンバーの会議に参加。ペッピーノとの手紙のやりとりが増えていく。短篇「こうちゃん」を書く。七月、コルシア書店から「どんぐりのたわごと」第一号創刊。九月半ば、ミラノに居を移し、コルシア書店の仕事を手伝いはじめる。

1961（昭和36）年　32歳

十一月十五日、ペッピーノと結婚。ミラノのアパートメントで暮らす。

1962（昭和37）年　33歳

二月、ペッピーノと新婚旅行で日本へ。大阪グランド・ホテルで披露宴。四月、ミラノに戻る。

1963（昭和38）年　34歳

ボンピアーニ社からペッピーノとの共訳で、谷崎の『春琴抄』『蘆刈』のイタリア語版を刊行。この時期、日本文学のイタリア語版刊行の仕事が多い。

1965（昭和40）年　36歳

『日本現代文学選』の翻訳をボンピアーニ社より刊行。

1966（昭和41）年　37歳

庄野潤三『夕べの雲』の翻訳を刊行。

1967（昭和42）年　38歳

六月、ペッピーノ死去、享年四十一。八月、母の危篤を知り帰国。九月、祖母が死去。帰国しているあいだ母校の小林聖心で一時的に英語を教える。

1968（昭和43）年　39歳

四月、ミラノに戻る。十二月、ノーベル賞受賞後の欧州旅行でイタリアに立ち寄った川端康成夫妻と会食し、『山の音』の翻訳の承諾を得る。

1969（昭和44）年　40歳

この年、ローマ、トリエステ、ヴェネツィアを旅する。六月、『山の音』の翻訳を刊行。

1970（昭和45）年　41歳

三月、父危篤のため帰国。三月十六日、父、死去、享年六十四。五月、ミラノに戻る。谷崎の『武州公秘話』『猫と庄造と二人のをんな』『盲目物語』の翻訳を刊行。

1971（昭和46）年　42歳

七月、フランスへ行き、エマウス国際ワークキャンプに参加、ヴァラード神父に会う。日本のエマウスについて、じっくり話しあった。八月末、日本に帰国。九月、慶應義塾大学国際センターとNHK国際局イタリア語班に嘱託として勤務。

1972（昭和47）年　43歳

二月頃よりエマウス運動に積極的に参加。四月、慶應義塾大学外国語学校講師に就任。母万寿死去、享年六十九。七月、エマウスのワークキャンプのためフランスへ。キャンプで共同生活、アベ・ピエールと話す。八月帰国。安部公房『砂の女』の翻訳を刊行。

1973（昭和48）年　44歳

慶應での仕事をつづけながら、上智大学国際部比較文化学科の非常勤講師と同大学院現代日本文学科兼任講師となる。八月、練馬区関町にエマウスの家設立、責任者となる。後に「熱狂的だった」と回顧したエマウスへ打ち込んだ時期である。

1975（昭和50）年　46歳

十二月ごろ、エマウスの責任者を退く。

1976（昭和51）年　47歳

四月、目黒区五本木に住まいを購入し転居。七月、義母ベアトリーチェ・リッカ死去。

1977（昭和52）年　48歳

日本オリベッティ社のＰＲ誌「ＳＰＡＺＩＯ」で「イタリアの詩人たち」の連載を始める。

1978（昭和53）年　49歳

春、イタリア共和国カヴァリエーレ功労勲章を受章。秋、ローマで初めてナタリア・ギンズブルグと会い、『ある家族の会話』の日本語訳を申し出て承諾を得る。

1979（昭和54）年　50歳

「SPAZIO」（十二月刊）でナタリア・ギンズブルグ『ある家族の会話』の翻訳連載開始。

1982（昭和57）年　53歳

谷崎の『陰翳礼讃』の翻訳を刊行。四月、上智大学外国語学部助教授に就任。

1985（昭和60）年　56歳

十一月「SPAZIO」に、のちに『ミラノ 霧の風景』としてまとめられる「別の目のイタリア」の連載を開始。十二月、ナタリア・ギンズブルグ『ある家族の会話』を翻訳刊行。

1988（昭和63）年　59歳

ギンズブルグ『マンゾーニ家の人々』を翻訳刊行。

1989（昭和64・平成元）年　60歳

四月、上智大学比較文化学部教授に就任。

1990（平成2）年　61歳

十二月、『ミラノ 霧の風景』刊行。

1991（平成3）年　62歳

ギンズブルグ『モンテ・フェルモの丘の家』、アントニオ・タブッキ『インド夜想曲』『遠い水平線』を翻訳刊行。『ミラノ 霧の風景』で女流文学賞、講談社エッセイ賞を受賞。

1992（平成4）年 63歳

四月、書き下ろしの『コルシア書店の仲間たち』刊行。

1993（平成5）年 64歳

十月、『ヴェネツィアの宿』（「文學界」九二年九月号より連載）刊行。

1995（平成7）年 66歳

一月、阪神淡路大震災、三月、地下鉄サリン事件。六月、タブッキ『島とクジラと女をめぐる断片』を翻訳刊行。八月、タブッキ『逆さまゲーム』を翻訳刊行。九月、『トリエステの坂道』刊行。十二月、「新潮」に「古いハスのタネ」を発表。

1996（平成8）年 67歳

十月、『ユルスナールの靴』刊行。十一月、タブッキ『供述によるとペレイラは……』を翻訳刊行。この頃、卵巣腫瘍がみつかる。

1997（平成9）年 68歳

一月、国立国際医療センターに入院、手術。六月、退院。七月「アルザスの曲りくねった道」の原稿およそ三十枚分を編集者に渡す。九月、再入院。十一月、イタロ・カルヴィーノ『なぜ古典を読むのか』を翻訳刊行。

1998（平成10）年　69歳

三月二十日、心不全により帰天。二十六日、四谷の聖イグナチオ教会にて葬儀。墓所は、甲山カトリック墓地。

●没後に以下のような本が刊行された。

1998年

『遠い朝の本たち』

『時のかけらたち』

『ウンベルト・サバ詩集』（翻訳）

『本に読まれて』

『イタリアの詩人たち』

1999年

『地図のない道』

2000年

『須賀敦子全集』（全8巻）

２００３年
『霧のむこうに住みたい』
『塩一トンの読書』
２００４年
『こうちゃん』（絵・酒井駒子）

（編集部編）

［初出］

須賀敦子の魅力　　2014年10月26日

須賀敦子を読み直す　　2014年11月 3 日

須賀敦子の手紙　　2014年11月16日

＊以上の対談・講演は、県立神奈川近代文学館で開催された「須賀敦子の世界展」
において、上記日時に同館のホールで行われたものです。
本書収録にあたって加筆修正しました。

須賀敦子が見ていたもの　　「すばる」2015年9月号

「新しい須賀敦子」五つの素描
集英社WEB文芸レンザブロー　　2015年10月～12月発表

湯川 豊（ゆかわ・ゆたか）

文芸評論家。1938年新潟生まれ。64年文藝春秋入社。「文學界」編集長、同社取締役を経て、2003年から東海大学教授、京都造形芸術大学教授を歴任。10年『須賀敦子を読む』で読売文学賞を受賞。著書に『イワナの夏』『夜明けの森、夕暮れの谷』『終わりのない旅 星野道夫インタヴュー』『本のなかの旅』『植村直己・夢の軌跡』『ヤマメの魔法』『夜の読書』などがある。

江國香織（えくに・かおり）

作家。1964年東京生まれ。2002年『泳ぐのに、安全でも適切でもありません』で山本周五郎賞、04年『号泣する準備はできていた』で直木賞、10年『真昼なのに昏い部屋』で中央公論文芸賞、12年「犬とハモニカ」で川端康成文学賞、15年『ヤモリ、カエル、シジミチョウ』で谷崎潤一郎賞を受賞。著書に『東京タワー』『神様のボート』『がらくた』『抱擁、あるいはライスには塩を』などがある。

松家仁之（まついえ・まさし）

作家、編集者。1958年東京生まれ。82年新潮社入社。「新潮クレスト・ブックス」シリーズ、「考える人」を創刊。「考える人」「芸術新潮」の編集長を務めたのち、2010年退社。13年『火山のふもとで』で読売文学賞を受賞。14年株式会社〈つるとはな〉を創立し、雑誌「つるとはな」を創刊。著書に『沈むフランシス』『優雅なのかどうか、わからない』などがある。

装丁――緒方修一

＊カバーの写真は須賀敦子さんが愛用したパーティーバッグ。

新《あたら》しい須賀敦子《すがあっこ》

二〇一五年一二月一〇日　第一刷発行

編者――湯川《ゆかわ》　豊《ゆたか》

著者――江國《えくに》香織《かおり》・松家《まついえ》仁之《まさし》・湯川　豊

発行者――村田登志江

発行所――株式会社集英社

東京都千代田区一ツ橋二-五-一〇　〒一〇一-八〇五〇

電話　〇三-三二三〇-六一〇〇（編集部）

〇三-三二三〇-六〇八〇（読者係）

〇三-三二三〇-六三九三（販売部）書店専用

印刷所――大日本印刷株式会社

製本所――加藤製本株式会社

定価はカバーに表示してあります。

ISBN978-4-08-771632-0　C0095